4:44

Élise IRRIBARRIA FERNANDEZ

FSC
www.fsc.org

MIXTE
Papier issu
de sources
responsables
Paper from
responsible sources

FSC® C105338

Loi n°49-956 du 16 juillet 1949 sur les publications destinées à la jeunesse, modifiée par la loi n°2011-525 du 17 mai 2011.

© *2023, Élise IRRIBARRIA FERNANDEZ*
Édition : BoD - Books on Demand, info@bod.fr

Impression : BoD - Books on Demand, In de Tarpen 42, Norderstedt (Allemagne)

Impression à la demande
ISBN : 978-2-3224-7366-3
Dépôt légal : Juillet 2023

Sommaire

Prologue

Bienvenue dans cet ouvrage qui est très important à mes yeux, comme vous avez pu le voir ce que vous tenez actuellement entre les mains est un recueil de textes. Vous y retrouverez plusieurs genres comme du fantastique, de la romance, ou même de la science-fiction.

Certains de ces écrits sont inspirés de faits réels que j'ai vécu ou que certains de mes proches m'ont raconté, d'autres (la plupart) sont uniquement le fruit de mon imagination. Je ne compte pas révéler lesquels sont ceux qui relatent des événements de ma vie et celle de mes proches. Je préfère garder le mystère et vous laisser, vous, lecteurs, interpréter comme vous l'entendez.

Dans un roman, on sait à peu près ce qui nous attend. On choisit un roman policier pour les enquêtes, on choisit du fantastique pour apprendre à connaître des nouveaux peuples, découvrir de nouveaux royaumes et même de nouveaux mondes. Tout le monde n'aime pas lire les mêmes choses. C'est pour cette raison qu'avant chacun des textes il y a trois ou quatre mots décrivant ce que vous allez lire. Effectivement, ils peuvent constituer des spoils. Vous êtes libres d'en prendre connaissance ou de les ignorer. J'ai décidé de faire cela pour vous apporter une sorte de trigger warning. Tout le monde n'a pas envie de lire un texte qui parle de meurtre, ou alors un texte qui parle de rupture tandis qu'on vient de se faire larguer. Je comprends.

Certains de ces textes datent d'il y a plusieurs années, vous allez tomber sur des écrits d'une petite collégienne qui découvrait tout juste sa passion, tout comme vous allez tomber sur des écrits d'une jeune femme qui écrit depuis maintenant des années et qui ne cessent d'apprendre des choses sur cet art magnifique. J'ai longuement hésité à mettre ces anciens textes, puis je me suis dit que cette petite collégienne avait aussi le droit à son heure de gloire et que cela serait vous cacher la vérité de vous partager uniquement mes écrits tout frais.

Mes réseaux restent évidemment ouverts pour lire vos commentaires, vos remarques, chaque retour est le bienvenu.

Et pour tous ceux qui annotent leurs livres, je vous en prie, envoyez-moi des photos.

*À la petite Élise qui écrivait sans se douter qu'un jour
quelqu'un lirait ses écrits,
À tous ceux qui se retrouve dans ces mots,*

Je pense à toi
matin
midi
soir
et même la nuit, je pense à toi.

Fantastique

Vampires

Trahison

Châtiment

L'ombre

Il avait été le plus grand d'entre nous, une véritable légende sur cette terre où notre plus grande menace était nos proies. Il agissait dans l'ombre, ne laissait jamais aucune trace de sa présence, si on ne savait pas qui il était, personne n'aurait pu se douter de là où il était passé.

Il était considéré comme un fléau par c'est moins que rien d'humain, à leurs yeux, il n'était qu'une maladie ou même pire encore, une malédiction. Ils ne voyaient que le négatif dans ce qu'il transmettait à leurs semblables. Ils voyaient l'incapacité à s'exposer au soleil et la soif de sang. Ils ne prenaient pas en considération la vie éternelle, le fait de ne jamais plus vieillir ou souffrir, de rester en bonne santé, de pouvoir se déplacer aussi rapidement que l'on souhaite et par-dessus tout la force. Cette force improbable qui ne se limitait pas seulement au physique. Elle était aussi bel et bien présente sur le mental, en même temps quand on est immortel et qu'on devait voir tous nos proches périr les uns après les autres, heureusement que le mental est au rendez-vous. Voir le monde entier se dégrader à cause de la race humaine demande du mental, voir les dégâts de la guerre sur la nature demande du mental, cependant voir les humains mourir ne demande pas de mental. Ils sont faibles de toute façon, c'est tout ce qu'ils méritent.

Nous savions que les humains voulaient notre extinction, en même temps sachant qu'on a le pouvoir de les tuer à n'importe quel moment ça peut se comprendre. Aucun vampire n'était autorisé à faire du mal aux siens. On devait s'aider, se soutenir, sans être obligé de s'aimer. Les sentiments des vampires sont, comment exprimer cela, en quelque sorte décuplés si on commençait à tous s'aimer cela compliquerait tout. Il valait mieux qu'on reste neutre, à l'exception de quelques individus.

Le problème de notre originel est qu'il avait fait confiance à la mauvaise personne. Il était le premier, celui avec le plus de force, celui avec le plus de mental, celui qu'on ne pourrait jamais tuer. Il était notre modèle à tous, même si personne ne l'avait jamais vu. Sauf son ami, son frère, son bras droit. On raconte qu'il l'avait supplié de le transformer pour qu'ils puissent vivre ensemble à jamais. Pour qu'ils puissent devenir de vrais frères de sang. Et croyez-le ou non, il le pensait vraiment, il n'avait pas demandé à être transformé par pur envie de devenir un monstre sanguinaire immortel, mais pour vivre au côté de son frère à jamais. Il était devenu son ombre.

L'originel l'avait donc écouté, il était son seul allié, le seul à connaître ses repères secrets, ses techniques, ses prochaines proies, comment il choisissait qui tuer et qui transformer. Il était le seul à connaître son visage. Cette confiance lui coûta le pouvoir, car un jour, il fut attrapé par des chasseurs, qui sans informateur, n'auraient jamais pu le trouver.

Aujourd'hui, il vit enchaîné, comme une bête de foire, torturé jour et nuit pour l'éternité. Et son plus gros châtiment est de devoir jugé les vampires qui se font attraper. Il doit condamner ses semblables, ses créations, ses descendants. S'il les juge trop gentiment, il en subit le prix et est privé de sang pendant autant de jour qu'il manque d'année de torture à son jugement. S'il les juge trop sévèrement, il est exposé au soleil durant des jours. Et s'il les juge de manière juste, il culpabilise.

Je sais qu'il vit un véritable enfer, chaque seconde de sa vie, mais je n'avais pas le choix, si moi, son frère de toujours, je ne le trahissais pas, j'allais perdre ma vie. Et croyez-moi, peu importe le prix, je préférai rester dans l'ombre de mon cher frère pour l'éternité.

Romantique

Mariage

Organisation de la réception

La mariée en sortie de bain

Cela faisait des années que j'attendais ce jour. Le plus beau de ma vie d'après toutes celles et ceux à qui j'en avais parlé. J'avais pris un énorme plaisir à inviter toutes les personnes à qui je tenais grâce à de magnifiques faire-part que mon amie m'avait aidé à décorer. Nous avions minutieusement laissé couler de la cire dorée sur le dos des enveloppes pour les fermer de manière romantique, et j'en étais très fière. J'avais carrément l'impression d'être une petite fille qui organisait son anniversaire et qui ne voulait qu'aucun détail ne soit mis de côté. Ce jour n'allait se produire qu'une seule fois dans ma vie, il se devait d'être parfait.

Du moins tout aussi parfait que la demande de fiançailles que mon charmant futur époux m'avait offerte. Je cherchais encore les mots justes pour définir cette dernière : entre douceur et surprise, romantisme et passion, joie et larmes, amour et complicité. Je n'aurais pu rêver mieux que ce coucher de soleil, ce vin blanc si bien choisi et cette bague que la petite fille que j'avais été toute mon enfance n'aurait même pas osé en rêver la nuit. Tous les jours depuis cette fameuse soirée, je regardais ma main avec attention, je me sentais obligée de toujours avoir les ongles faits pour ne pas faire tache à côté d'une telle beauté. Chacune de mes copines m'avait complimenté sur ce bijou, chacun des copains de mon fiancé l'avait félicité d'avoir tant de goût. Je n'avais d'ailleurs jamais su s'ils parlaient de la bague, ou de moi.

Cela faisait un peu plus d'un an que je travaillais à chaque détail, la première chose que j'avais planifiée était le photographe. Il était totalement hors de question d'avoir des photos de mauvaise qualité de cette journée. Cela allait être les souvenirs physiques de notre union pour toutes les prochaines générations de nos familles. Cela était plus qu'important que l'on ait une totale confiance en la personne qui allait tenir ce rôle pour nous.

Je m'étais ensuite penchée sur la question du repas et de l'apéritif. Connaissant chacune de nos familles respectives, il était impensable pour nous de commettre la moindre erreur sur ce point-là. Il fallait du vin blanc pour les cousines, du rosé pour nos mères et nos tantes, et surtout, il ne fallait pas se louper sur le choix du vin rouge qui allait accompagner notre viande. Chez nous, on dit souvent qu'une personne qui a le ventre rempli ne peut commettre un crime, vous vous doutez bien que la dernière chose que je souhaite, c'est un crime à mon mariage. Simple dicton ou véritable fait, je n'allais prendre aucun risque.

Nous avons donc ensuite dû nous mettre d'accord sur le choix de la salle de réception, il fallait qu'elle soit grande et belle, mais qu'elle ne le soit pas non plus trop par rapport à qui nous sommes. Il fallait qu'elle ressemble à notre couple, mais notre couple à son apogée, dans toute sa splendeur, au meilleur de lui-même. Nous étions tombés d'accord pour une déco très simple et très chic, du doré, des bouchons de liège, des guirlandes de lumière, des nappes blanches et des couverts couleur or. On avait longtemps hésité entre plusieurs petites tables rondes ou une grande tablée en forme de « U ». Suite aux forts arguments de mon futur mari, nous avions opté pour l'option numéro deux.

Puis était venu le moment que j'avais sûrement le plus apprécié : le choix des robes de mes demoiselles d'honneur. J'avais longuement hésité entre le même modèle de robe d'une couleur différente ou la même couleur pour tout le monde, mais avec un modèle de robe propre à chacune. Au final mes trois témoins allaient porter la même robe et mes demoiselles d'honneur porteraient la même couleur sur une tenue qu'elles choisiraient. Ensemble, nous avions choisi une robe longue avec un magnifique drapé qui couvrait une épaule sur deux, l'une la porterait en vert pâle, la deuxième en bleu ciel et la dernière en lilas. Pour ce qui est de la couleur des robes de mes demoiselles d'honneur, elles seraient toutes entre le rose pâle et le rose gold. Les photos seraient vraiment sublimes, je n'avais aucun doute là-dessus. Ces mesdames avaient été d'une grande aide pour moi, elles s'étaient occupées de me trouver une coiffeuse et une maquilleuse digne de ce nom pour que je puisse ressembler à une réelle princesse des temps modernes.

Nous étions donc rendus la veille du jour-j, je sortais de la douche en enfilant mon magnifique peignoir d'un blanc éclatant et orné de splendide dentelle. Tous les détails du mariage défilés dans ma tête, tout avait l'air d'être parfait. Je levais les yeux pour regarder mon reflet dans le miroir quand un détail que j'avais oublié me glaça le sang. Je n'avais pas de robe. Dans tous ces préparatifs, j'en avais oublié le plus important. Et personne n'avait jugé bon de me demander une photo de ma robe. La panique commença à gagner chaque millimètre de mon être, je devais vite trouver une solution. Puis, un souvenir me revint. Ce peignoir, si raffiné, cela faisait des années que je m'imaginais chaque soir en sortant de la douche être une magnifique mariée grâce à ce dernier. Il sera parfait, fini l'imagination, demain, il fera de moi la plus belle des mariées.

Danse

Musique

Couple

Le mur couleur brique

J'observais la scène depuis le banc en bois sur lequel j'étais confortablement installée.

L'atmosphère était tellement agréable que j'avais posé mon livre, livre que je dévorais depuis deux jours, pour ne rien louper de ce qu'il se passait sous mes yeux.

L'air était chaud malgré la nuit tombée, le vent réchauffait mes pommettes. Un sourire léger et timide se dessinait sur mes lèvres habillées de ce rouge à lèvre vif.

Ma robe suivait le mouvement de mes jambes quand je décidais de changer de position afin de mieux observer ce qu'il était en train de se passer juste sous mon nez.

J'entendais d'abord la musique. Cette musique entraînante mais de manière modérée. Elle n'était pas agressive, elle n'était pas trop forte, elle n'était pas non plus hors contexte. Elle se mariait à la perfection avec l'endroit dans lequel elle était jouée.

Ces murs couleurs briques agrémentés de lierre grimpant donnaient l'impression d'avoir une réelle présence. Comme une âme. Ils étaient l'âme même de cette place. Tout comme cette somptueuse fontaine. Son fond était fait de mosaïque, mosaïque qui représentait des personnes qui dansaient, sur la place.

Effectivement, ils étaient bel et bien là, ces danseurs et leurs compagnes. Ils avaient des vêtements tous plus beaux les uns que les autres. Des chemises en lin beige, des chemises en soie rouge, rose pâle, vert ou encore lilas, de ravissants polos aussi. Chaque couple était assorti. Et ces dames, si belles, si raffinées, si élégantes, si gracieuses. Leurs robes longues, courtes, colorées, unies, à manches longues ou même à bustier. Elles donnaient l'air de sortir d'un réel conte de fée. Mes yeux pétillaient.

Tout le monde était en harmonie. Ils bougeaient en symbiose. Un pas à gauche, un pas à droite, la main de monsieur sur le dos de madame pour que celle-ci puisse jeter sa tête en arrière. Leurs cheveux caressaient sensuellement toute leur colonne vertébrale. Je me demandais si un frisson parcourait toujours leur corps comme la première fois qu'elles avaient ressenti cette sensation.

C'était un véritable bonheur de les regarder. Mes jambes s'étaient croisées l'une sur l'autre. Mon coude avait trouvé sa place sur le haut du banc et mes doigts étaient venus se faufiler dans mes cheveux pour tenir ma tête qui, apparemment, ne pouvait pas gérer le fait d'observer ce magnifique spectacle et en même temps rester sur mes épaules. Mes yeux quant à eux étaient plus ouverts que jamais. C'était vraiment la première fois que je voyais quelque chose d'aussi cohérent, c'était le mot exact pour décrire cette situation. Tout était cohérent. Tout était magnifique.

Il n'y avait qu'un seul couple que je ne pouvais pas voir à cause de la fontaine. J'entendais leurs chaussures claquées contre les pavés marron, j'apercevais de temps en temps les cheveux de la femme. Évidemment, le fait de ne pas les voir les rendaient encore plus attirants. Puis mon regard se porta de nouveau sur le mur. Et là, je vis quelque chose d'encore plus magnifique que ces danseurs. Leurs ombres. Elles étaient là, placardaient contre le mur mais plus libre que jamais. Je voyais leurs corps se serrer les uns les autres, puis se dérouler pour ne plus se toucher que part le bout des doigts. Quand ils tournaient, l'ombre ne laissait apparaître plus qu'une seule silhouette sur les deux. Il ne faisait plus qu'un. L'ombre laissait surgir jusqu'au détail de leurs doigts entremêlés et ses cheveux longs qui virevoltaient au gré du vent.

Puis, la musique commença à ralentir ainsi que leurs mouvements. Ils se collèrent l'un à l'autre avant d'échanger un baiser. Je compris donc ce qui les avait rendus si beau : l'amour.

Romance

Téléphone

Déception

Les étrangers

Ils traversaient la même rue, à la même heure, et pour aller dans la même direction tous les jours de leur vie. Il était rare qu'ils ne montent pas dans le même bus. Leurs playlists se ressemblait comme deux gouttes d'eau et pourtant il y en a des chansons de disponible. Ils aimaient les mêmes choses, étaient exténués par les mêmes détails de la vie, ils s'énervaient pour tout et pour rien, l'un comme l'autre.

Son amour et sa connaissance à lui sur la cuisine sucrée, ce serait parfaitement mélanger à son don à elle pour les recettes salées. Elle avait un côté maniaque qui l'obligeait à plier les vêtements comme si elle travaillait dans un magasin de luxe, mais cela n'aurait pas été un problème étant donné qu'il préférait faire la vaisselle. Il préférait lire à voix haute, et pour elle c'était plus agréable d'écouter. Elle dormait du côté droit du lit, et lui du gauche. Ils se levaient tous les deux à 7:30 mais avaient tous les deux besoin de trois alarmes avant de réussir à sortir du lit. Ils adoraient chacun les sorties au musée même si elle préférait les sculptures et lui les tableaux. Elle aimait par-dessus tout le bruit des vagues et lui les couleurs du coucher de soleil. Ils auraient pu accorder leurs emplois du temps pour aller ensemble se défouler à la salle. Il l'aurait aidé à compléter sa collection de cartes postales tout comme elle l'aurait soutenu dans sa recherche de pièces de monnaies extraordinaires.

Leur histoire aurait été si douce, si calme, submergé de tendresse qu'on ne les aurait jamais entendus se crier dessus, ils auraient toujours eu à l'esprit que c'étaient eux contre le problème et non pas monsieur contre madame. Ils auraient pu faire ensemble le trajet jusqu'à l'église qu'ils faisaient chacun de leur côté. Ils auraient pu, et je garantis qu'ils l'auraient fait, prier l'un pour l'autre. Il serait rentré chaque soir avec une petite fleur qu'il aurait trouvé sur le chemin, et elle aurait fait sécher chaque pétale de chaque fleur qui aurait passé la porte d'entrée. Elle aurait décollé chaque étiquette de chaque objet possible pour qu'il puisse les coller dans son carnet. Elle serait probablement aller chercher le pain à pied pendant qu'il changeait l'eau des fleurs qui décoraient la table de la salle à manger.

Il lui aurait fait penser à ne pas oublier son rendez-vous chez le dentiste et elle aurait mis une alarme pour qu'il n'oublie pas de prendre ses médicaments. Il l'aurait conduit chez le coiffeur et en aurait profité pour aller chez le tailleur de barbe d'en face. Elle aurait assorti le bandeau dans ses cheveux à la couleur du nœud papillon de Monsieur, et ce, dès que l'occasion se serait présentée. Il aurait laissé les volets ouverts la nuit pour qu'elle se sente en sécurité et elle n'aurait jamais oublié de remplir sa bouteille d'eau pour qu'il puisse boire pendant la nuit. Elle lui aurait demandé des conseils sur les vêtements qu'elle voulait acheter et il aurait pris le temps de l'imaginer dans chacune de ses tenues pour être sûre de la conseiller comme il fallait.

Il aurait réservé tout le buffet et les boissons pour leur mariage pendant qu'elle aurait passé des heures, que dis-je, des journées entières à réfléchir et confectionner la meilleure décoration possible. Sa robe aurait été d'un blanc si pur et son costume d'un noir si profond. Le photographe n'aurait même pas eu à leur conseiller de pose afin de faire ressortir leur amour à travers l'objectif, cela aurait été naturel chez eux. Aucune querelle sur le choix de la musique, de l'endroit, ou même encore des invités. Tout aurait été une évidence, tout aurait été simple. Et malgré le monde qui dansait en rythme autour d'eux, ils n'auraient eu d'yeux que l'un pour l'autre.

Ils auraient été adorés et surtout admirés par tous leurs proches, on se serait arrêté dans la rue pour leur dire à quel point ils étaient beaux. Leur bienveillance aurait dessiné un magnifique sourire sur plus d'un visage. Ils auraient continué à se regarder et à s'aimer comme les premières semaines, les premiers mois, les premiers instants de leur vie à deux. Leurs enfants auraient grandi dans une maison remplie d'amour, ils auraient vu leurs parents s'aimer et se chérir chaque seconde de leur vie.

Mais malheureusement, sans début il n'y a pas de fin, alors on se contentera de suivre gentiment ce petit chemin, car aucun des deux ne daignera lever les yeux.

Famille

Jalousie

Amour malsain

L'amour maternel

Je détestais ma mère.

Je savais qu'elle m'aimait de manière inconditionnelle. Ce qui paraît totalement logique étant donné que j'étais son fils. Cela me paraissait donc complètement logique. De plus, j'étais vraiment le fils exemplaire. J'avais sauté le CP car c'était moi qui faisais la lecture à mes camarades en maternelle. Je faisais de l'escrime, du piano et j'intégrais un club de débat à même pas 10 ans. Je mangeais chez ma grand-mère tous les mardis midi. Je n'avais jamais eu une seule heure de colle. Au lycée je faisais latin, anglais renforcé et russe. Le russe et le latin étaient en même temps, alors que j'avais pour autant réussi à suivre le programme, et à être premier de la classe en assistant seulement à un cours sur deux, évidemment dans les deux matières. Je n'avais jamais manqué la promenade de mon chien. Je n'avais jamais oublié un seul anniversaire dans ma famille. Je ne buvais pas, à part pendant les repas de famille et je n'avais absolument jamais laissé quelconque fumée pénétrer mon gosier. Je lisais beaucoup de livres. J'aidais ma mère dans toutes les tâches ménagères et je faisais à manger très régulièrement. Ma chambre sentait bon et aucun vêtements sales ne traînaient. Je n'avais jamais eu de querelles avec ma mère et on se parlait toujours avec un ton calme et respectueux.

Cependant, ma génitrice n'avait d'yeux que pour lui. D'après ses dires, c'était un véritable dieu.

Oh mais ce qu'il cuisine divinement bien.
Oh mais ce qu'il chante juste.
Oh mais que ses mots sont doux.
Oh mais que son vocabulaire est raffiné.
Oh mais qu'il est beau.
Oh mais ce qu'il me fait rire.
Oh mais ce que ses conversations sont intéressantes.
Oh mais ce qu'il est cultivé.
Oh mais ce qu'il est sportif.
Oh mais qu'est-ce qu'il a comme diplômes, c'est impressionnant.
Oh mais ce qu'il me soulage dans toutes mes tâches.

Oh mais ce que je n'en pouvais plus, de la voir, telle une idiote sans cervelle, à la merci de ce misérable. J'étais là, seul dans ma chambre, à l'imiter complimenter cet imbécile écervelé. Il ne méritait pas une seule minute du temps de ma mère. Oui, nous partagions le même sang, cela ne faisait pas de nous des humains égaux. Loin de là. Du moins, si je lui ressemblais, il fallait me le dire et je ferais en sorte de disparaître dans les dix minutes qui suivent.

Ce que je détestais le plus chez lui était cette rage qu'il faisait naître en moi, c'était un véritable supplice. Je perdais un nombre incalculable de minutes à hurler dans mes coussins comme un enfant qui venait de se faire punir, et tout ça dans le seul but d'évacuer un peu du profond dégoût que j'avais envers cet homme. Quand on y réfléchissait bien, ce dégoût était enfin de compte de la jalousie. Très mal placée. Cette femme était ma mère. La mienne. Elle m'avait mis au monde, elle se devait de m'aimer plus que tout au monde, plus que n'importe qui d'autre sur cette planète. J'étais son fils. Il n'y avait pas d'autre argument à avoir.

Il était vrai que sans mon père, je ne serais pas là, mais elle n'avait pas le droit de l'aimer plus qu'elle ne m'aimait moi. Il me volait l'amour de ma mère, et je le détestais pour ça, lui aussi.

Travail

Accident

Homicide involontaire

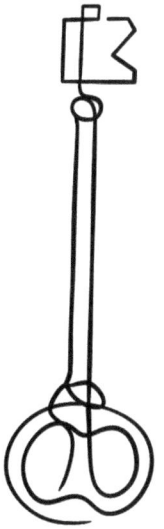

La porte fermée à clé

Je dois purger une peine de 3 ans de prison ferme pour homicide involontaire. Pourtant, Dieu sait à quel point j'aimais mon travail.

Un jour, en rendant visite à mes grands-parents, j'ai vu par la baie vitrée du salon les sourires sur leurs visages et j'ai même entendu des éclats de rire. La raison ? Leur auxiliaire de vie s'occupait tellement bien d'eux et de leur maison qu'ils avaient fini par développer un réel lien sentimental. C'était pur. C'était vraiment doux, et pour des personnes en fin de vie on ne pouvait vraiment pas rêver mieux. J'étais donc entré chez eux. Ils étaient si contents de me voir. Je l'étais aussi. Mais j'étais encore plus excité à l'idée de parler avec ce monsieur de son parcours, de ses études, de ce qu'il fallait que je fasse pour devenir comme lui et faire réussir à donner le sourire.

Nous avions parlé pendant des heures. C'était la fin de sa journée, il avait même pointé son heure mais était resté discuter avec moi. Il m'avait donné toutes les informations dont j'avais besoin dans les moindres détails. J'en étais ravi. Réellement.

Et c'est là que tout avait commencé.

J'avais pris dans mes sous de côtés pour me payer les formations. J'avais même passé mon permis. J'étais certain

58

d'avoir trouvé ma voie. J'étais épanoui. J'avais eu pleins de profils différents au cours de ma carrière. Des petits vieux avec qui les rapports étaient très froids, très professionnels, très cordiales. J'étais juste chez eux pour leur rendre un service et rien de plus. J'étais leur employé. Souvent, ces personnes-là avaient beaucoup de mal à accepter qu'ils étaient de moins en moins autonomes. Je pouvais tout à fait le concevoir.

Mais avec Jacques c'était totalement différent. On s'amusait, on rigolait, on faisait la cuisine ensemble. J'y allais tous les matins. Et c'était mon moment préféré de la journée. Dès le premier jour, il m'avait dit que je lui rappelais son fils quand il était jeune. Et il me le répétait tous les jours d'ailleurs.

Jacques était atteint de la maladie d'Alzheimer, pour lui à chaque fois que l'on se voyait c'était notre première rencontre. Cela rendait notre relation tellement magique. Je m'amusais à venir déguisé de temps en temps, je faisais semblant de parler avec un accent peu connu, quoi que je fasse ça le faisait rire. Il n'avait jamais peur. J'avais l'impression qu'il acceptait sa maladie et qu'il refusait d'avoir peur de l'inconnu.

Il avait très peu de contacts avec sa famille. Une fois par mois sa fille l'appelait, du moins elle m'appelait moi pour me demander s'il y avait un problème. C'était surtout une question de conscience envers elle-même plus que de l'envie d'avoir des nouvelles de son père. Son fils, lui, était toujours en voyage, il faisait le tour du monde. Jacques avait un mur entier rempli des cartes postales que son fils lui envoyait. Il ne l'appelait jamais, mais il donnait bien plus de nouvelles que sa sœur qui habitait à seulement trois petites heures de mon cher

Jacques. J'avais une seule consigne à ne jamais transgresser : fermer la porte à clé dès que je partais et ne jamais laisser la possibilité à Jacques de sortir de la maison quand il était seul. Je trouvais cette règle un peu dangereuse, s'il' se passait quoi que ce soit, un incendie ou une fuite de gaz, il serait coincé chez lui. Mais je n'avais pas le droit de désobéir aux ordres de la famille, du moins de sa fille.

Après plusieurs mois à travailler, j'avais d'économisé assez pour me payer le permis moto et la moto de mes rêves. L'équipement prêt, j'avais une seule hâte c'était d'arriver chez Jacques et de pouvoir lui raconter ça. Même s'il allait sûrement oublier ce que j'avais à lui dire, j'avais envie de partager ça avec lui.

Je démarre. À la première priorité que je rencontre, une voiture arrive à toute vitesse et me coupe la route. Elle me fauche. J'atterris plusieurs mètres plus loin avec mon casque en miette, mon visage défiguré et un coma de plusieurs mois qui m'attend à bras ouverts.

À mon réveil 6 mois plus tard, on me demande qui je suis, il n'avait toujours pas réussi à m'identifier et mes papiers avaient brulé avec la moto. Une fois mon nom donné, il n'aura fallu que quelques heures pour qu'on m'annonce que je suis maintenant paralysé des deux jambes, défiguré et surtout jugé pour homicide involontaire sur Jacques, vu que c'est moi qui l'ai enfermé chez lui avant que l'incendie ne se déclenche quelques nuits plus tard.

Surnaturel

Malaise

Boucle

Le miroir

Vous n'allez jamais me croire.

Tout allait extrêmement bien dans ma vie. J'étais une petite fille de 7 ans qui rendait fière ses parents, j'étais une élève modèle, et je ne faisais aucune bêtise. Toutes les personnes que je croisais m'appelaient « la petite poupée ». J'avais de long cheveux châtain clair, ils n'étaient ni bouclés, ni lisses, ils avaient une belle souplesse ce qui les rendaient vraiment magnifiques. J'avais des yeux noisette très clairs qui tirés presque vers le jaune. Je faisais de la danse, du moderne jazz pour être exacte, depuis toute petite. Et j'adorais aller à mes leçons. Je me répète mais tout allait réellement bien dans ma vie.

Puis un jour, je me réveillais comme tous les matins mais quelque chose me paraissait différent. J'avais un très mauvais pressentiment. Cela ne m'empêcha pas d'étirer jusqu'à qu'ils tremblent chacun de mes muscles engourdis par la nuit. Quelque chose n'allait pas. J'en étais certaine. Et pourtant, je n'avais encore rien vu. En me levant, je fis la même chose que tous les matins, j'allais aux toilettes, puis je pris un grand verre d'eau fraîche, puis mon petit déjeuner un bon jus de fruit, deux tartines et un verre de lait. Tout ce qu'il fallait pour faire grandir un enfant comme il faut. Pour revenir dans ma chambre, je ne pris pas le couloir comme à l'aller mais je passai par le salon. Mon reflet dans le grand miroir m'interpella. Je fis quelques pas en arrière. Mon cœur s'arrêta, mes yeux roulèrent en arrière et je perdis connaissance.

À mon réveil, je pensais simplement à un cauchemar alors, je fis le même rituel qu'avant. Je partis aux toilettes, je bus mon grand verre d'eau fraîche et je partis petit déjeuner. Mais ma mère était en train de préparer le déjeuner. Sans qu'elle eut le temps de me voir derrière elle, je m'empressais d'aller voir mon reflet dans le miroir. Dans ma course je me rendis compte que mes jambes étaient bien plus allongées qu'elles ne devraient l'être pour le corps d'une petite fille. Ce n'avait donc pas été un cauchemar j'avais bel et bien le corps d'une jeune fille de, je dirai approximativement 15 ans. 15 ans ? Mais comment 8 longues années avaient elles pu passer en une seule et unique nuit ? C'était totalement impossible. Je hurlais à m'en arracher les cordes vocales pour appeler ma mère. Elle arriva en courant en me demandant ce qui n'allait pas. Pour elle, tout semblait tout à fait normal. Comment ne pouvait-elle pas voir que j'avais 15 ans ?

Aucun mot ne sortait de ma bouche, je n'arrivais qu'à agiter ma main devant mon visage. Ma mère m'observait avec attention, elle me rassura en me disant que je n'avais aucun bouton, que mes cheveux étaient très beaux ce matin, que ma peau n'était pas grasse et que mes lèvres n'avaient aucun défaut. Mais Seigneur ne voyait-elle donc pas le vrai problème ? Je finis par demander mon âge. Elle s'arrêta, elle me regarda, puis elle éclata de rire. Le son qui sortait de sa bouche était une véritable honte pour moi. Je sentais mes joues envahies par une vague de chaleur, je rougissais et pas qu'un peu. Les larmes commençaient à monter. Je voulais mon doudou et ma tétine, je voulais m'accrocher à la jambe de ma mère. Mais je ne pouvais plus. Ma mère ne s'arrêtait pas de rire. Elle me demanda si je me sentais bien. Je répondais oui d'un hochement de tête timide. Un éclair de génie jaillit dans ma petite tête, j'attrapais le bras de ma mère et lui demandais si elle avait des albums photos de ces dernières années. Elle me regarda avec insistance comme si je venais de lui demander de boire l'océan Atlantique. Ses sourcils se froncèrent. Puis, tout en me tournant le dos, elle avait l'air de me rappeler, comme si je le savais, que l'on avait perdu tous nos souvenirs de mes 7 ans à aujourd'hui. Coïncidence ?

Les semaines qui suivaient furent les pires de ma vie, je devais aller au lycée, je retrouvais mes amis de primaire mais tout le monde était grand, tout le monde parlait de sujet d'adulte. Certains parlaient même de la vie intime qu'ils avaient avec leur copain ou copine. Mais depuis quand avait-on ce genre de vie intime ? Je continuais les cours de danses, mais mes copines avaient laissé leur jupe bien longue et leur justaucorps bien rose pour d'autres bien décolleté et des tutus bien courts. Je ne reconnais personne. Je ne me reconnais pas. Où était mon doudou ? Je mis bien 6 mois à m'adapter à ce nouveau corps et cette nouvelle vie qui n'était rien d'autre que la mienne.

Quelques années plus tard, j'avais 25 ans, je me levais tranquillement dans l'appartement que je venais prendre avec mon copain quand tout à coup, en passant devant le miroir, je remarquais quelques chose d'anormale. Mes cheveux. Ils étaient tous gris. Une seule phrase me vint en tête : c'est reparti pour un tour.

Romantisme

Rêve

Réalité

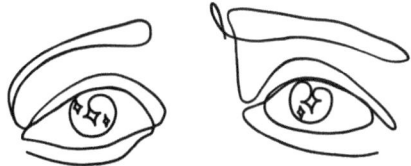

69

Cette histoire n'existe pas

J'étais une jeune fille qui passait son temps à répertorier tous les rendez-vous qu'elle souhaitait faire avant de se laisser tomber amoureuse.

J'avais beaucoup d'idées en ce qui concerne le romantisme, l'amour, les papillons dans le ventre, l'adrénaline des premiers rendez-vous, les étoiles dans les yeux quand les sentiments commencent à apparaître au détour d'une rue, quand nos mains se seraient effleurées.

J'étais littéralement persuadée que personne sur cette Terre ne pourrait me faire tomber amoureuse sans me faire vivre le comte de princesse parfait.

Un premier rendez-vous absolument tout ce qu'il y a de plus simple et sophistiqué à la fois. Une magnifique robe longue avec de beaux talons pas trop hauts, des cheveux bien tirés et un maquillage léger, mais présent. Tout cela pour rejoindre monsieur et prendre un superbe cocktail. Évidemment, quand j'aurai porté ce verre à mes lèvres, monsieur, aurait remarqué la beauté qui résidait dans la simplicité de ma manucure. Il aurait relevé ce fait d'un agréable compliment qui aurait fait chauffer mes joues à feu doux.

Il m'aurait appelée madame quand le serveur aurait apporté nos plats. Ce qui aurait flatté mon égo sans non plus me donner l'impression de n'être quelqu'un que je ne suis pas. Il m'aurait souri tout en écoutant ce que je lui aurais raconté. Il aurait aussi probablement tenu ma main en attendant que nos desserts nous soient servis. J'aurais sûrement senti mon cœur battre alors que ce n'est pas forcément le détail auquel je fais attention en temps normal. Mais pourquoi la présence de ce presque parfait inconnu rendait la situation anormale ? Était-ce une bonne chose ? Bien sûr que ça l'était. Je ressentais quelque chose au plus profond de moi, je sentais mon cœur battre, ce qui par extension revenait juste à me sentir vivante.

Quelques jours plus tard, il m'aurait accompagnée chercher un nouveau livre car j'aurais terminé ma lecture du moment, et, même si je ne comptais pas lire tout de suite, je me sentais rassurée à l'idée d'avoir quelque chose de nouveau dans ma bibliothèque. Cela m'aurait fait sourire de voir cet humain qui me faisait ressentir tant de choses inhabituelles, entouré d'une des choses qui me fait ressentir des choses habituellement. Monsieur m'aurait demandé pourquoi tel livre et pas un autre. J'aurais souri tout le long de mon explication, il aurait semblé être intéressé par ce que j'aurais raconté, réellement.

Rien n'aurait été faux. Tout aurait bien été réel.

Puis, un soir, nous aurions bu un verre de vin blanc, les pieds dans le sable, chemise en lin et robe longue de sorties.

Photo du ciel orangé avec une apparition furtive de monsieur qui serait devenu mon fond d'écran. J'aurais très probablement ramassé un caillou pour combler mon problème de peur de l'oubli. Pour avoir quelque chose de physique auquel me rattacher, pour me souvenir de ce moment. Il aurait assurément souri en me voyant enlever mes chaussures pour laisser les vagues recouvrir mes pieds de leur fraîcheur. On aurait assurément dessiné sur le sable mouillé comme l'aurait fait des enfants. Le moment aurait été propice pour tenter un baiser. Du moins, cela aurait pu donner un très beau premier baiser. Je ne sais pas si j'aurais osé le tenter, précisément pas. J'aurai laissé parler mes yeux, mon regard l'aurait supplié de le faire. Il n'aurait peut-être pas osé non plus. Pourquoi, dans ces moments-là, nous ne faisons pas tout simplement part de ce dont on a envie, comme si cela était une honte, comme si on ne désirait pas la même chose au plus profond de nous.

Puis serait venue la première nuit. La boule au ventre, certes, mais j'aurais donné le monde pour que cette sensation ne me quitte jamais. Aucune déclaration superficielle, aucune décoration futile. Juste le bel aboutissement des émotions partagées lors de tous ces rendez-vous. Mon corps aurait réagi à tous ces gestes, tous ces regards, tous les moindres petits détails. J'aurais cherché un contact physique, sa main le long de ma cuisse, son épaule contre mon omoplate, son nez contre mon cou. Le meilleur moment dans un baiser est l'instant juste avant que nos lèvres se frôlent. Le moment venu, j'ai cru que toutes traces de vie quittaient mon corps. Et pourtant, aucune douleur apparente, uniquement du bien-être, l'atmosphère était apaisante, nos corps étaient comme connectés, unis, liés.

Cette histoire n'existe pas. Je n'ai pas eu tout cela. Il lui a fallu juste quelques mots et un regard pour poser ses lèvres sur les miennes.

Poésie

Amour

Romantisme

Juste parce que

Juste parce qu'il est devenu mon tout.

Juste parce qu'il était banal et qu'il m'est devenu vital.

Juste parce qu'il a changé ma vie.

Juste parce qu'il me rend heureuse.

Juste parce qu'il me redonne le sourire même quand rien ne va.

Juste parce qu'il est différent de tous les autres, il est unique.

Juste parce qu'il me donne l'impression d'être une petite princesse.

Juste parce qu'il me rend importante.

Juste parce qu'il est toujours là pour moi, dans n'importe quelle situation.

Juste parce qu'il est adorable.

Juste parce qu'il m'accepte comme je suis.

Juste parce que je ne le changerais pour rien au monde.

Juste parce qu'il est plus qu'important pour moi.

Juste parce que je l'aime.

Juste parce que.

Surnaturel

Forêt

Disparition

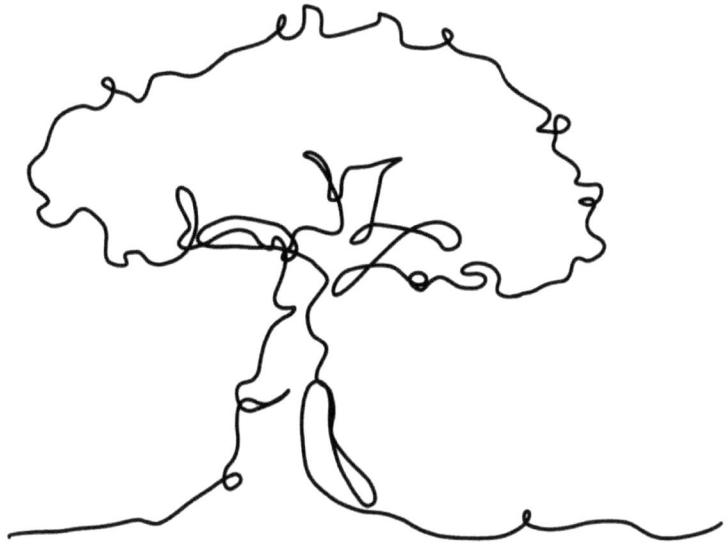

Ana

Ce jour-là était banal, enfin, c'est ce que je pensais en me levant. J'en tremble encore rien qu'à l'idée qu'une chose aussi peu... Comment dire ? Aussi peu probable me soit arrivée. C'était il y a dix ans, j'avais quinze ans, si mes souvenirs sont exacts. J'étais élève de troisième, rien d'étrange ne s'était passé jusqu'à ce fameux lundi de rentrée ; oui, je m'en souviens, c'était juste après les vacances de Noël. J'étais en route pour mon collège quand la pluie pointa le bout de son nez, à mon grand désespoir. Je me mis à courir, il ne me restait plus que dix minutes avant d'atteindre le collège. En arrivant, je retrouvai Pierre, mon meilleur ami, et nous partîmes dans notre classe. Au moment de nous installer, une fille inconnue frappa à la porte. Dès l'instant où elle passa l'entrée, quelque chose changea, je ne saurais dire quoi, mais ce changement me mettait mal à l'aise. Peut-être n'était-ce pas un changement, mais tout simplement... Elle.

La fille se mit au niveau du tableau, juste en face de moi, je me sentais vraiment mal, une douleur et une boule dans la gorge m'empêchèrent de parler.

« Ana. Ana PETTER.

Elle venait de parler. Tout à coup, je sentis comme un blocage dans l'abdomen.

-Madame ? Madame, je ne me sens pas bien !

Ces mots étaient sortis tout seuls.

-Sors Hugo, va à l'infirmerie. » Répondit-elle.

Je sortis en courant. Curieusement, quand j'eus passé la porte, toutes mes douleurs s'évaporèrent. Trois mois passèrent tous pratiquement identiques. Quand Ana était dans la même pièce que moi, je me sentais réellement mal. Elle était présente qu'une fois sur deux à l'appel.

Étrangement, quand elle était absente, son nom ne paraissait pas sur la liste. Peut-être qu'elle était une élève différente et qu'elle devait suivre des cours particuliers.

« Hugo ? Hugo !

Une voix lointaine me sortit de mes pensées.

-Hugo, ça va ? Tu es tout pâle ! Veux-tu sortir ? Me demanda ma professeure.

-Non... Non tout va bien. » Répondis-je.

Je tournai mon regard vers Ana et mes yeux se plongèrent dans les siens. Je pouvais voir ses pensées dans ses yeux ! Non... Non... Non ! Cela devait être mon esprit qui me jouait des tours. Les jours passaient et ses pensées s'ouvraient toujours à moi sans que je sache comment ni pourquoi.

Un jour, alors que tout se passait comme d'habitude, depuis l'arrivée d'Ana, au moment de quitter les cours, Ana m'attrapa l'épaule et me regarda avec insistance.

« Adieu, Hugo. » Dit-elle.

Mais pourquoi?! Elle ne m'avait jamais adressé la parole ! Cela ne sentait pas bon, très mauvais même. Les jours passaient et Ana ne revenait pas. Voilà bien trois semaines qu'elle n'était plus là.

Je pris la décision de la retrouver. Mais où pouvait-elle bien être ? Une fille étrange et mystérieuse comme... Comme... Comme la forêt près de mon quartier. Dès que la sonnerie annonça la fin des cours, je me ruai vers la sortie et sautai dans le premier bus qui passait. En arrivant devant chez moi, je courus vers ma maison, déposa mon sac dans le garage et pris la direction de la forêt. Devant elle se trouvait une jeune fille... Je ne voyais pas qui elle était. Mais en m'approchant, je vis Ana. Pas la Ana du collège, une Ana nerveuse, inquiète, angoissée.

« Je pensais que mon adieu suffirait... Mais à ce que je vois, ce n'est pas le cas. Tant pis... Maintenant, je ne pourrai rien contre les événements qui vont t'arriver. Tu n'aurais pas dû me retrouver. Je t'avais prévenu. Excuse-moi, Hugo. »

Tout à coup le vent se leva et la pluie tomba. La nuit tombait alors qu'il n'était que 18:30 et qu'on était en juin.

Le regard d'Ana, lui, était triste, mais toujours d'un bleu semblable à l'eau d'une mer. Je ne savais pas ce que se passait. Peut-être que le temps avait décidé de s'arrêter... Mais cela était impossible ! Étais-je devenu fou ? Trop de questions tournaient dans mon esprit et je pris la décision de ne plus y penser et de regarder droit dans les yeux de Ana. Très mauvaise idée à vrai dire ! Je vis, une fois de plus, ses pensées... Mais cette fois-ci, j'entrai dans ses pensées. Une vague d'inquiétude me submergea. J'avais peur, très peur même. J'étais dans son esprit ! Elle pouvait faire de moi ce qu'elle voulait. Elle me contrôlait comme une vulgaire poupée de chiffon. Quand cela allait-il cesser ? Tous les jours, à la même heure, 18:30, sans qu'aucun de nous deux ne le décide, je vivais ses pensées. J'appréhendais ce moment tous les jours. Une fois, je me retrouvais sous l'océan, pour un petit moment... En suite, j'étais au beau milieu du désert pendant, je ne sais combien de temps. Et un jour, peu avant 18:30 la peur prit le dessus :

« Ana ! Ana, écoute-moi ! Laisse-moi ! Oublie-moi ! Pars ! »

Je m'évanouis. À mon réveil, j'avais une grosse migraine et je ressentais un manque. Je ne savais pas quel manque, mais il était bien là. Les jours passaient et se ressemblaient, mais Ana ne revenait pas. Un mois... Deux mois... Trois mois... Et un jour, je compris :

Ana était partie, ou elle n'avait jamais existé.

Jalousie

Famille

Meurtre

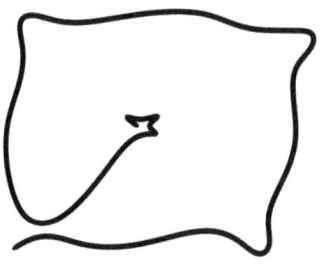

Le nouveau

Je le détestais.

Et ce de toutes mes forces. Il était devenu omniprésent dans ma vie, mais surtout dans celle de ma compagne sans même que je puisse m'en rendre compte. Tout s'était fait si vite, en deux jours à peine, la femme que j'aimais était devenue méconnaissable.

Avant lui, je représentais tout son monde. Je me rappelle encore l'instant où elle a posé ses yeux sur moi pour la première fois. Elle avait eu un coup de foudre, et moi aussi d'ailleurs, alors bien évidemment qu'elle pouvait aimer quelqu'un d'autre aussi vite, c'était logique.

Le souvenir de son regard si envoûté quand je lui avais demandé sa main me revenait sans cesse à l'esprit. Ça faisait des mois et des mois qu'elle ne m'avait plus regardé comme ça.

Dès que j'étais hors de la maison ou du moins pas avec elle, madame passait tout son temps avec lui. Et elle ne se rendait même plus compte, mais quand j'étais là, elle ne parlait que de lui, que de ses exploits de la journée, de son magnifique sourire ou même encore de ses splendides yeux. Elle ne pensait plus qu'à lui matin, midi et soir, il avait littéralement pris ma place de premier dans son cœur.

Cela faisait des années que je prenais soin d'elle, que je travaillais pour subvenir à nos besoins, que je l'aimais, que je donnais ma vie pour elle, il n'était dans sa vie que depuis quelques semaines et il ne prêtait même pas attention à elle… C'était injuste.

Lui et ses beaux cheveux blonds, ses yeux bleus envoûtants, son sourire charmeur… Il m'horrifiait. Et encore le terme était doux au vu des sentiments qu'il me procurait.

Je ne pouvais me retenir d'imaginer tous les soirs toutes les horreurs que j'avais envie de lui faire. Vu sa taille, une chose était certaine, c'est que je pouvais prendre l'ascendant sans un seul effort. Il était frêle, il était faible, il était dépourvu de toute force, et surtout, il ne s'attendait pas à ce que je puisse lui faire ça.

Tout mon être frissonnait à l'idée de pouvoir le réduire à néant. Je ressentais un plaisir immense quand j'imaginais toutes les possibilités qui s'offraient à moi dans le seul et unique but de lui faire du mal.

Je pense que vous n'êtes pas assez sombre pour penser ne serait-ce qu'une seconde à ce qui travaillait dans mon esprit. J'aurais pu décider de l'enfermer quelque part et le regarder mourir de faim. J'aurais pu le ligoter et attendre qu'il se sectionne les poignets et les chevilles tout seul. J'aurais pu lui planter des pics partout dans le corps jusqu'à le faire parler sur le pourquoi il m'avait pris ma place, pourquoi il m'avait rendu si malheureux ? Il aurait souffert aussi fort et aussi longtemps que moi. Sa présence était littéralement une torture pour mon amour. Il nous avait brisés, il nous avait réduits à néant, j'avais perdu mon tout depuis qu'il était là, et je devais absolument la récupérer. C'était soit moi, soit lui. Sa vie ou la mienne.

J'avais encore toute une ribambelle de solution en tête. Je ne pensais qu'à ça. C'était un véritable tourment. Un couteau sous la gorge ? Des mutilations jusqu'à ce que mort s'ensuive ? Chaque fois qu'une nouvelle idée me montait à la tête, j'étais prêt à craquer.

Puis le jour arrivera. Son heure sonna. Très discrètement, cela faisait des semaines que je l'empoisonnais petit à petit. Personne ne pouvait s'en douter. Puis un soir, quand l'adrénaline prit le dessus, je choisis une manière plutôt douce : j'ai rassemblé toutes mes forces et j'ai écrasé son oreiller sur son visage. Avec quelques mouvements dans le but de se débattre, ses bras tombèrent dans le vide.

C'est vraiment dommage, ça faisait des années que je rêvais d'avoir un fils.

Amitié

Vernissage

Déclaration

Son visage

Une invitation pour un vernissage suffira pour être l'élément déclencheur de la vie de cette jeune fille. Une vague de bonheur prit place dans tous les atomes de son corps quand mademoiselle se rendit compte que cette invitation provenait de ce jeune homme qu'elle affectionnait tant, jeune homme qui allait pour la première fois exposer ses toiles. Quel thème allait-il choisir ? Ses toiles portraits peut-être ? Ou encore celles en noir et blanc ? Il pourrait éventuellement faire le choix d'exposer une partie des toutes premières toiles qu'il avait réalisées. Tant de questions remplies de joie. Un ticket de métro et de longues minutes plus tard, elle poussait la grande porte bleu ciel de l'atelier de son ami. Après quelques secondes accrochées à son cou, elle posa ses mains de part et d'autre des joues du jeune pour lui répéter encore et encore à quel point elle était contente, qu'il le méritait et encore une fois qu'elle était heureuse pour lui. Elle n'aurait même pas eu besoin de dire tout cela, ses yeux auraient suffi à traduire l'intensité des sentiments qui se battaient dans ce petit corps.

Elle fut ramenée à la réalité quand son téléphone sonna. L'homme qui partageait sa vie venait aux nouvelles et voulait lui demander ce qu'elle voulait manger ce soir. Le sourire pourtant présent et sincère du jeune homme en face d'elle s'effaça aussi rapidement qu'il était arrivé. Elle passa en suite de longues minutes à lui expliquer tous les moindres détails de sa relation pendant que ses pinceaux à lui caressaient la toile blanche sous ses yeux. Elle prit le temps de lui expliquer à quel point elle se sentait bien quand il l'avait amenée se promener au bord du lac. Elle a même pris le temps de planter le décor sur les bruits qu'elle entendait durant sa promenade, les couleurs magnifiques qui sont apparues dans le ciel quand le soleil s'est couché. Puis ce fut le tour du vendredi soir dans ce restaurant italien avec les murs rouge bordeaux.

Elle se confiait à lui, lui donnait tous les détails imaginables de sa vie sentimentale. Lui restait la plupart du temps muet. Il la regardait, tout en colorant ses toiles. Il voyait tout le pli de sa robe beige, le détail doré au niveau du maquillage de son œil, le rosé sur ses lèvres, le changement de sac à main selon sa tenue, ses boucles d'oreilles assorties à ses colliers. Le rythme de ses respirations qui changeaient selon la personne qu'elle évoquait dans ses histoires. Elle était pour lui, une source d'inspiration, une muse, une égérie, une déesse. Le pinceau de l'artiste allait et venait sur la toile en suivant les intonations de madame. Rien n'était laissé au hasard, tout provenait d'une inspiration, d'une expiration.

Une jolie robe dos nu qui laissait apparaître l'encre noire logée sous la peau de notre demoiselle, une couleur grisâtre qui, malgré ce qu'on pourrait penser, relevait son teint. Le lacet de ses talons longeait la courbe de son mollet avec une délicatesse infinie. Ses cheveux étaient tirés en arrière, laissant donc toute la place pour son doux visage. Un maquillage léger, mais présent suffisait à l'embellir sans l'effacer. Son sac à main venait se caler parfaitement entre ses côtes et son épaule. Tout était en symbiose, tout se mariait à merveille, tout était harmonieux.

C'est exactement ce qu'elle pensa en passant le premier pied dans la salle d'exposition. Elle ne remarqua pas tout de suite. Elle arpenta la pièce, les yeux émerveillés par ce qu'elle voyait. Son ami semblait anxieux, il ne lui adressa qu'un regard timide dépourvu de sourire. Elle se dit qu'au vu de ce qu'il était en train de vivre, c'était plus que normal. Puis d'un coup un sentiment de quasi-malaise envahit la belle. Pourquoi ? Les scènes paraissaient si familières. Si familières. Un lac, un restaurant italien avec murs rouge bordeaux. Par la suite, elle réalise, le cœur qui s'emballe, les yeux qui s'écarquillent, les mains moites, tout son corps qui ne sait plus où se cacher. Comment avait elle fait pour être si aveugle face à une situation qui crève les yeux ; toutes ces scènes étaient sa vie avec l'homme qui l'a partagé. Tout ce qu'elle avait partagé avec son ami était ici retranscrit sur toile. Mais encore une chose, dans chaque scène, il y avait comme un détail qui grandissait au fur et à mesure des tableaux de l'exposition. Son ami s'était lui-même dessiné en train de peindre ses scènes. Comme un spectateur au visage fermé par la tristesse.

Mais ce n'est qu'au dernier tableau qu'elle ne vit que ce qui, jusque-là était un détail, devenait le sujet principal... il l'aimait.

Mer

Amour

Sacrifice

La sirène

J'étais né sur un voilier.

Littéralement. Ma mère avait accouché de moi alors qu'elle était en plein périple avec mon père. Je ne pouvais qu'aimer la mer, sachant évidemment que tout s'était bien passé durant ma mise au monde. Aucun problème médical, aucun problème en mer, le plus bel accouchement dont pouvaient rêver deux fans de navigation. Toute ma jeune vie, j'avais donc espéré trouver mon âme sœur, celle qui aimerait les voiles tout autant qu'elle m'aimerait moi.

Puis j'avais posé les yeux sur elle. Elle était connue du milieu des marins étant donné qu'elle tenait la plus grande brasserie, qui faisait aussi office de bar, du port. Tous les marins l'adoraient, la respectaient et lui donnaient tout leur argent. Ses cheveux dorés étaient toujours parfaitement coiffés, ses yeux étaient aussi bleus que les mers que l'on arpentait. Et ses lèvres, dès qu'elle ouvrait la bouche, vous pouviez être certain que tout le monde l'écoutait. Ce qui lui a valu son surnom de « sirène ». Certains disaient qu'elle envoûtait les marins pour gagner plus d'argent. Baliverne, c'était une honnête femme.

Elle proposait des plats véritablement exquis, et ses boissons étaient toujours fraîches. Qu'il pleuve, qu'il vente, qu'il fasse beau, elle portait toujours une marinière. Elle l'avait de toutes les formes possibles, manches longues, manches courtes, débardeurs ou même encore en pull. Elle était magnifique. J'étais tombé sous son charme dès le premier jour où je l'avais vu. Ça n'avait rien d'incroyable, je ne connaissais pas un seul marin qui avait mis les pieds dans ce bar qui ne prononçait pas le nom de la responsable avec des étoiles dans les yeux. Non, ce qui était incroyable, c'était que ce soit réciproque.

La fameuse sirène du port était tombée amoureuse de moi. C'était inattendu, inespéré. Mais je n'allais pas m'en plaindre. Ce qui allait être compliquée en revanche, c'était justement qu'elle était la sirène du port. Sa vie était sur la terre tandis que la mienne était sur la mer. Mais elle faisait maintenant partie de ma vie. Il fallait juste qu'on décide comment gérer cette nouvelle vie commune.

Je ne comptais pas abandonner la mer, elle ne comptait pas non plus abandonner son port. Alors, j'acceptai de faire des sorties en mer moins longues et elle accepta de prendre quelqu'un pour l'aider et se libérer du temps sur les semaines où je serai de retour. À chaque nouveau départ, c'était une déchirure pour chacun d'entre nous. À chaque retour, j'essayais de la supplier de repartir avec moi. Elle ne céda aucune fois. Elle n'avait jamais mis les pieds en mer. J'étais certain qu'elle aurait pu tomber amoureuse de cette vie-là. Mais elle s'y refusait. Encore et encore. Et j'espérais encore et encore.

Plus les années passées, plus cela devenait compliqué de me séparer d'elle. Elle était la femme de ma vie, et je voulais qu'elle devienne la mère de mes enfants. Elle refusait toujours de m'accompagner. Je perdais petit à petit l'espoir

105

qu'un jour, je vivrais sur la mer avec ma femme. Mais il était impensable pour moi de laisser tomber ma sirène. Je l'aimais bien plus que l'idée de vivre sur mon bateau. Et puis, j'avais quand même tout ce que je souhaitais. Je sortais en mer pendant de longues semaines, parfois même durant des mois, et quand je ne revenais, rien n'avait changé. Jamais.

Puis vint ce périple. Plusieurs mois. 7 pour être tout à fait transparent. Ça me paraissait être une éternité à passer loin d'elle. Mais un pressentiment me poussait à le faire, il me poussait à partir. C'est donc avec le cœur encore plus lourd que d'habitude que je décidai de lever l'encre.

Le voyage fut long et périlleux. J'apercevais le port au loin, ce qui remplissait mon cœur de joie. Mais les lumières du bar n'était pas allumées. C'était étrange. Une boule se forma dans mon ventre. Puis je remarquai aussi ce gros voilier que je n'avais jamais vu auparavant dans le port. Plus je me rapprochai, plus, je voyais de détails. Une femme, blonde, les cheveux longs, se tenait sur le bateau. Elle me faisait signe.

C'était ma sirène. Elle avait économisé toute sa vie pour nous offrir notre plus belle nouvelle maison. Elle avait tout sacrifié pour la vie dont je rêvais. Et puis j'arrivais à son niveau et je remarquai encore autre chose : un petit habitant avait lui choisit d'élire domicile sous son nombril.

Inexplicable

Collection

Énigme

Les post-it

Ça a commencé un matin avant d'aller en cours. Je m'étais levée à la même heure que d'habitude, J'avais pris mon petit-déjeuner à la même place que d'habitude, j'avais passé de très longues minutes devant mon armoire à ne pas savoir comment m'habiller, comme d'habitude. Cette matinée, malgré le fait qu'elle avait débuté bien trop tôt à mon goût, n'avait rien d'étrange à mon sens. Je n'avais même pas eu de mauvais pressentiment. Tout était curieusement normal.

J'étais la dernière à entrer dans la salle de cours. Juste avant de passer l'encadrement de la porte je remarquais quelque chose qui attira mon attention : un post-it était collé sur ce dernier. J'avais la fâcheuse habitude de récupérer les post it que je trouvais et je les gardais dans une boite. Je tenais ça de lui. Donc c'est exactement ce que je fis, mais il était vrai que je n'avais jamais trouvé de petit bout de papier jaune et collant à un endroit si peu approprié. La plupart du temps ils étaient sur un bureau, sur une chaise, ou encore collés à un écran d'ordinateur. Jamais à la hauteur de mes yeux. Mais je n'y prêtais pas vraiment attention, J'étais heureuse de pouvoir compléter ma collection.

La journée, la semaine et même le mois se déroulèrent sans accro, et sans nouveau post-it. Cela m'attristait mais sans trop affecter mon humeur, ce n'était que des petits bouts de papiers colorés et collants, du moins pour les moins abimés.

J'en avais déjà des centaines dans cette petite boite à chaussure. Le mérite ne me revenait pas à moi seule, il avait quand même bien commençait avant de disparaître, je n'avais que repris le flambeau. Mais j'étais assez fière de mon nombre de trouvaille.

Puis vient un jour où deux de ces petits papiers se trouvèrent posés sur ma table dans une classe où j'allais que très rarement. Ils étaient en parfait état. Neuf. Quelqu'un les avait sciemment posés là. Mais qui ? Et pourquoi ? Je n'avais jamais parlé de cette petite collection à qui que se soit. À vrai dire le sujet n'avait jamais été mis sur la table, et c'est pas moi qui allais le faire. « Bonjour, je suis la fille qui vole tous les post-it qu'elle trouve sur son passage et qui les mets dans une boite a chaussure. C'est fun non ? » Merci mais non merci. J'avais déjà la réputation de la fille bizarre si je pouvais éviter de leur donner des raisons de continuer à penser ça, ça m'arrangerait. Peut-être que quelqu'un m'avait tout simplement vu ramasser tout ces papiers et voulait se moquer de moi. Dans le doute, je les pris quand même. Ça en faisait quand même deux de plus à ma collection.

La même journée en sortant des toilettes je tombai sur trois autres post-it collaient juste en face de la sortie de WC des filles. Ils étaient de trois couleurs différentes en plus, un orange, un vert et un rose. Je jetais un regard vers la gauche, un vers la droite, personne ne regardait dans ma direction. Je les pris en vitesse et les mis dans la poche de ma veste noire.

En mettant les pieds en dehors du bâtiment où j'avais cours aujourd'hui, je tombai nez à nez avec une ribambelle de post-it. Jaune, orange, vert, rose, et encore, jaune, orange, vert, rose. Ils indiquaient comme un chemin. La première émotion qui surgit en moi fut la panique. Qui savait pour ma collection ? Qui ? Mes mains tremblaient à l'idée de ne pas avoir assez de place dans mes poches pour pouvoir tous les prendre. Mais je devais en laisser aucun. Ils allaient tellement faire avancer ma collection, sa collection. Ça le rendrait si fier. La deuxième émotion fut l'excitation. Je ne pris même pas le temps de regarder si on me surveillait. Mes jambes se mirent à courir et mes mains étaient en mode pilote automatique, l'une récupérait tous ces précieux papiers, l'autre les rangeaient dans mes poches. C'était interminable.

Ils me menèrent au pont qui permettait de passer au dessus de petit ruisseau à coté de l'université. Puis devant le terrain de basket où on traînait avant, ça continuait jusqu'au centre commercial, en passant devant mon arrêt de bus. J'hésitais. Attendre le bus ou continuer cette chasse au trésor complètement absurde ?

Les post-it continuaient leur route en étant collés derrière l'église. Un frisson parcouru toute ma colonne vertébrale. J'étais plus qu'à quelques mètres du cimetière. Il y avait des post-it sur chacune des pierres tombales, sauf une. Je n'aimais pas cet endroit. Donc je n'y prêtais pas attention.

Ça continuait encore et encore. Jusqu'à chez moi. Jusqu'à ma chambre. Et jusqu'à ce deuxième lit qui n'avait pas était utilisé depuis plusieurs mois.

C'était étrange. J'aimais mettre les post-it dans la boîte. Mais c'était mon jumeau qui aimait les coller partout. Du moins, quand il était encore de ce monde.

Trahison

Couple

Argent

La nounou

J'adorais le père des enfants dont je m'occupais.

Il était sur la même longueur d'onde que moi au niveau
de l'éducation des enfants. Mais sur vraiment tous les points.
Ça me rendait la tâche bien plus agréable. C'était l'une de mes
plus grandes craintes avant de débuter avec cette famille. Il
n'était pas du genre à tout céder à ses enfants malgré le fait
qu'il les aimait plus que sa propre vie. Il n'était pas non plus
trop sévère. Il gérait les conflits et n'importe quel autre
problème de manière douce, bienveillante et calme. Il détenait
une patience hors pair. Il m'impressionnait. Ce papa était
présent pour ces enfants de toutes les manières possibles et
imaginables. Aucune différence entre ses filles et son garçon.
Ils avaient les mêmes règles à suivre et les mêmes libertés aux
mêmes âges. Il était un père parfait, d'après ce qu'il montrait.

Par contre, ce n'était pas un mari en or. Au vu de ce que
je voyais au sein même de leur magnifique maison. Leur
relation se dégradait à vue d'œil. Et, au fond de moi, j'étais
persuadée que ce n'était pas nouveau. Cette situation avait l'air
d'être profondément ancrée dans cette famille. Ça me faisait de
la peine pour ces petits bouts que j'aimais beaucoup. Mais je
sentais comme une attirance de la part de papa envers moi. Les
premières fois, je ressentais comme un léger malaise. Puis, plus
les jours passés, plus j'attendais ces petites avances. Ça
devenait un réel jeu. Je jetais un regard à madame de temps en

temps. Je savais qu'elle savait. Même un aveugle aurait remarqué les attitudes de monsieur.

Il m'envoyait des textos tous les jours, pour tout et n'importe quoi. Il me raccompagnait chez moi quand je terminais tard le soir. Il passait tout son temps avec moi quand je travaillais et que lui était chez lui. Il y avait comme une vraie relation qui se construisait entre nous. Je savais que je n'avais pas le droit, et en même temps, je me devais de le faire. J'avais commencé quelque chose, il fallait que je termine.

Il m'avait fallu plusieurs jours de réflexion profonde avant de prendre une décision. Allais-je aller plus loin dans cette relation interdite ? Allais-je arrêter, demander à changer de clients et couper tout contact avec cette famille ? Allais-je tout simplement arrêter ce jeu et être une auxiliaire parentale exemplaire ? Le choix était rude.   Il l'était vraiment. On pourrait se dire que j'étais jeune et que changer de famille et m'éloigner de ce pécher était la meilleure solution, mais j'aimais cette situation. L'interdît m'attirait plus que je ne l'aurais souhaité.

Puis un jour, la mère me demanda de venir garder les petits, car monsieur était en déplacement et qu'elle voulait aller au restaurant avec ses copines, j'avais besoin d'argent donc évidemment j'ai accepté. Et puis ces petits bouts étaient adorables, ce n'était réellement pas une corvée. À l'heure où j'arrivais, la maman était en train de coucher les petits. Je n'avais absolument rien à gérer. La mère partit en vitesse comme si elle fuyait la maison. Je ne compris pas de suite la raison de ce départ précipité, mais la cause n'allait pas tarder à faire son apparition.

Le mari sortit de la chambre parentale. Mon cœur s'emballât. J'aimais cette situation. Avant même de parler de quoi que se soit, il s'avança vers moi et posa sa main sur ma joue. Il approcha sa tête de la mienne, puis il m'embrassa. À la force d'un seul bras, il me souleva pour me coller à lui. J'entortillais mes jambes autour de sa taille pour me serrer encore plus fort contre son corps.

Heureusement que sa femme m'avait payé cher pour ruiner son couple une bonne fois pour toutes, j'avais passé une super nuit et j'avais gagné bien plus qu'avec une soirée de babysitting.

Soirée

Tenue

Sentimental

La robe rouge

Ils étaient à cette soirée.

Ils avaient fait sensation avec leurs tenues magnifiques et accordées. Cette couleur avait été le meilleur choix qu'ils avaient fait. Aucun autre invité ne la portée et elle leur allait à merveille, à chacun d'eux. Elle ne connaissait que très peu de monde et elle recevait des compliments à foison.

« Tu es vraiment magnifique. »

« Ta robe est splendide. »

« Cette couleur te va à ravir. »

« Tu es vraiment trop belle. »

Bienveillance avec un soupçon de jalousie, elle s'en doutait bien, mais ce n'était pas son problème. Elle était là dans un but bien particulier. Elle savait que cette soirée allait lui réserver de belles surprises, du moins au moins une.

Quant à lui, il analysait les moindres faits et gestes de la dame. Il n'avait pas le droit à l'erreur ce soir. C'était ce soir ou jamais. La boule qu'il avait dans le ventre en arrivant avec mademoiselle à son bras commençait, lentement, à se dissiper.

Il prenait confiance. Il savait comment agir, il savait ce qu'il allait faire, il savait ce qu'il voulait.

Les minutes passaient. La soirée aussi. L'ambiance était légère, ils passaient un super moment et appréciaient chaque seconde qui défilait dans le temps. Une belle soirée, un futur souvenir. Son esprit photographié chaque moment qui lui faisait ressentir quelque chose. Elle ne voulait pas perdre un seul détail de ce qu'elle vivait.

Il décida que c'était maintenant. Du moins il ne le décida pas réellement, cela se fit tout seul. Son cœur et son instinct décidèrent pour lui. En allant voir si un couple d'amis étaient à leur voiture, elle décida de se mettre à courir cheveux au vent et robe qui volait, digne des plus belles scènes d'un livre fantastique où la belle chevalière quitte le bal en courant.

Elle était en talons, cela ne fit qu'un jeu d'enfant pour lui de la rattraper. Il lui attrapa la main pour la tourner vers lui. Ils se fixèrent quelques secondes qui semblèrent être une éternité, pour chacun d'eux.

Puis, il se pencha vers elle et l'embrassa.

Nostalgie

Perte d'enfant

Tristesse

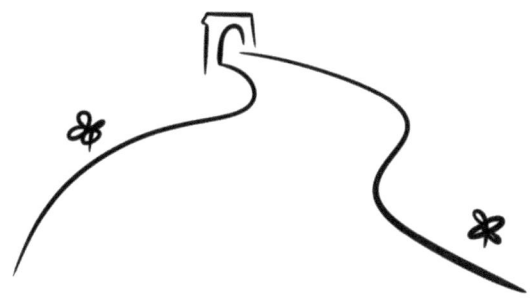

Le parc

Un pied devant l'autre sur ces feuilles mortes multicolores.

L'homme avait presque la trentaine, il marchait lentement, mais sans pour autant que ça passe pour un manque de grâce. Il était fort charmant, grand, élancé, brun, avec une repousse de barbe qui rendait son visage encore plus charismatique. Un pantalon beige avec un long manteau à carreaux et des chaussures marron. Une écharpe du même coloris que ses chaussures venait tenir au chaud sa gorge qui lui brulait déjà.

Il était tout ce qu'il y avait de plus simple. Il aimait lire, sur son canapé, sur son fauteuil, sur le banc du parc, dans le métro, dans l'avion, lors de ses déplacements professionnels. Il aimait cuisiner, des gâteaux en forme de fantômes pour Halloween, en forme de bonhomme de neige pour Noël, en forme de personnage enfantin pour la kermesse de sa nièce, un poulet basquaise quand sa famille venait le dimanche midi, une quiche retravaillée pour un mardi soir comme les autres. Il aimait sortir, marcher pendant des heures le long de ce sentier aux couleurs changeantes au gré des saisons.

Ce parc, il le connaissait par cœur, chaque petit changement, chaque travaux, chaque arbre en moins, il le remarquait. Chaque changement lui procurait un petit pincement au cœur. Il aimait l'authenticité de cet endroit, il aimait les souvenirs que ce lieu faisait remonter à la surface. Il venait ici depuis tout petit, son père avait la même passion pour ce parc que lui. Elle venait probablement de son père d'ailleurs. Il passait des heures entières le samedi et le dimanche à rire aux éclats avec son père. Rire aux éclats. Rire aux éclats ?

Des éclats de rire ? Ils les entendaient et tout à coup ce n'étaient plus des souvenirs chaleureux qui remontaient, mais très froid. Les enfants riaient aux éclats, ils courraient partout, ils parlaient entre eux de sujet plus sérieux les uns que les autres, du moins pour des petits enfants. Ils escaladaient les structures, ils glissaient le long du toboggan jaune, ils se cachaient derrière les arbres les plus imposants en pensant que leurs chers petits copains ne les trouveraient pas. Certains pleuraient le manque de leur doudou, d'autre d'avoir perdu à une carte Pokémon, certains parce que c'était l'heure de rentrer.

Son fils à lui aurait eu 4 ans aujourd'hui. Il aurait pu être parmi ces petits. Il aurait dû être parmi ces petits. Il aurait adoré ce parc, comme son grand-père, comme son père. Cette sensation de vide au plus profond de son cœur commençait à brûler encore plus que sa gorge. Ou alors sa gorge brulait aussi de plus en plus. Les larmes montaient, elles aussi,, mais ça il savait le contenir. Il aurait pu faire un signe à son fils quand il serait arrivé au sommet du toboggan. Il aurait pu le rattraper quand ses petits bras auraient lâché sur la rampe de pompier. Il aurait même peut-être apprécié devoir gérer les pleures du petit. De son petit.

Si sa femme ne l'avait pas perdu 4 mois après le jour où ils avaient eu ce test positif, 4 mois après que madame ait pu annoncer cette grande nouvelle à son cher et tendre, 4 mois après que leur nouvelle vie ait commencé, 4 mois après que toutes leurs inquiétudes au sujet de leur fertilité se soient évaporées comme par magie.

Il avait aussi perdu sa femme ce soir-là. Elle était toujours vivante. En partie. Une partie de son âme de femme était morte avec le départ de son bébé.

Amour

Déception

Tristesse

J'y croyais

Je t'écris aujourd'hui pour te dire que j'arrête de croire.

J'arrête de croire à tes beaux discours, j'arrête de croire tout ce que tu as pu me dire, j'arrête de me raccrocher à tout ce que tu m'as promis sans en penser un seul mot. J'arrête de croire que tu as un jour était sincère. J'arrête de croire que j'ai fait le bon choix en me donnant l'autorisation de t'aimer de tout mon être. J'arrête de croire que je reverrai un jour ton regard amoureux se poser sur moi.

J'arrête de croire que je sentirai à nouveau ta peau caresser la mienne. J'arrête de croire que tu reposeras ta main au creux de mon dos pour me faire danser en pleine nuit au milieu du salon. J'arrête de croire que tu vas me demander de me faire belle, en précisant que je le suis toujours à tes yeux, pour que l'on sorte. J'arrête de croire que tu vas tenir ma main en attendant que notre plat arrive au restaurant. J'arrête de croire que tu vas me demander en souriant quel vin j'ai envie de boire avec la viande que j'ai commandée.

J'arrête de croire que je pourrai de nouveau te regarder faire tes créations. J'arrête de croire que tu voudras me montrer en premier ce que tu as fait. J'arrête de croire que tu vas avoir envie d'être le premier à lire mes écrits. J'arrête de croire que tu vas me prendre la tête parce que je n'écris pas assez et je ne travaille pas assez sur mes projets. J'arrête de croire qu'on va encore se regarder au plus profond des yeux et éclater de rire pour aucune raison apparente.

J'arrête de croire que tu vas de nouveau réellement t'intéresser à tous mes projets que tu trouvais tellement intéressant auparavant. J'arrête de croire que tu montres ce que tu ne fais à personne, je sais que si tu ne me les montres pas, c'est que quelqu'un d'autre à pris ma place. J'arrête de croire que l'on repassera du temps, moi avec un casque sur la tête concentrer sur mon clavier, toi avec un casque sur la tête concentrer sur ton rythme.

Je n'arrive plus à croire que tout cela est arrivé. Je n'arrive plus à croire que touf cela s'est vraisemblablement passé. Je n'arrive plus à croire que tu as pu mettre de côté tout cela si rapidement. Je n'arrive pas à croire que tu as pu me dire tout ça et changer en si peu de temps. Je n'arrive pas à croire que je t'ai cru. Je n'arrive pas à croire qu'on a vécu tout ça et que tu es parti. Je n'arrive plus à croire que tu as ressenti les mêmes choses que moi et que tu as quand même choisi de prendre tes distances. Je n'arrive plus à croire toutes les choses que tu m'as promises.

Et pourtant, crois-moi, j'ai essayé de croire que tu m'aimais réellement.

Soirée

Confiance

Viol

Le short noir

Elle venait d'acheter ce short noir.

Il était parfait pour aller à cette soirée estivale. Il était ni trop court, ni trop moulant. Ample et mi-cuisse. Elle était vraiment à l'aise quand elle le portait, il était simple sans non plus donner l'air de ne prêter aucune attention à son image. Il lui allait à ravir. Il épousait ses formes, mais n'était pas trop révélateur. Un petit haut blanc tout aussi simple faisait l'affaire. Une paire de sandale noire et le tour était joué. C'était juste une petite soirée entre bons amis pour fêter la fin des examens. La fin du lycée, ça se fête.

Dans le bus, elle avait chaud. Comme tout le monde d'ailleurs. Heureusement qu'elle était en short. Son amie l'a rejoint, elle était en robe. Leurs sacs contenaient la même chose : un maillot de bain, une serviette, de quoi se changer pour dormir et des bouteilles de vin blanc. L'euphorie était en train de monter. Elles avaient terminé le lycée, enfin, elles étaient en vacances, enfin, elles allaient s'amuser, enfin, elles relâchaient la pression, enfin, elles savaient où elles iraient l'année prochaine, enfin.

Les deux jeunes filles chantaient à tue-tête pendant les quelques minutes de marches qu'elles avaient avant d'arriver chez leur hôte. Grande maison, grande piscine, grand sourire sur le visage de celui qui les accueillait. L'ambiance était légère, ces jeunes se réunissaient pour s'amuser et inconsciemment se créer des souvenirs qui vont rester à vie. Graver dans leur mémoire.

Après quelques verres, les vêtements laissent place à leurs magnifiques maillots de bains, colorés à tous. Ils ont tous conscience qu'il ne faut pas trop boire s'ils se baignent. Ils sont plutôt responsables, ils savent ce qu'ils font. D'ailleurs aucun malheur n'arrive, tout se passe à merveille et tout le monde s'amuse.

Un garçon, qu'elle ne connaît pas, commence à gentiment de rapprocher d'une amie à elle. Les deux meilleures amies observent de loin et commentent en rigolant. Leur amie a l'air plutôt intéressée, elle les regarde avec un large sourire. Peut-être le début d'une histoire ? Nos deux copines vont pour se resservir à boire, mais l'une des deux se rend compte que son verre est toujours rempli. Elle pensait pourtant l'avoir terminé. Elle pose sa serviette pour qu'elle sèche un minimum, s'attache les cheveux en chignon et remet son short noir.

La soirée est à son maximum. Il y a pas mal de monde, tout le monde rigole, tout le monde danse, tout le monde à un verre plus ou moins rempli à la main. Elle en est pas à sa première soirée, elle se connait et elle connait ses limites, elle ne boit pas trop. À quoi bon d'ailleurs, si c'est pour gâcher sa soirée.

Sa copine par contre, n'est jamais vraiment sortie, elle n'a jamais vraiment fait la fête. Donc, elle préférait garder un œil sur elle et veiller à ce que tout se passe bien. Mais tout a l'air de se dérouler à merveille. Elle est heureuse. Quelqu'un

141

renverse quelques gouttes de vin sur son short noir. Ça ne l'énerve même pas, elle se sent tellement bien.

Son copain, qui lui faisait une soirée à quelques pâtés de maison d'elle, lui fit la surprise de venir la voir. Ce fut leur moment d'officialiser leur amour. Personne ne savait qu'ils se fréquentaient depuis quelques mois, elle avait des papillons dans le ventre quand, devant tout le monde, il attrapa sa joue et l'embrassa. Sa soirée ne pouvait pas mieux se passer.

Puis tout à coup, elle a une barre qui se forme au niveau de son front. La douleur est vive. Elle est persuadée que ça va passer. Ça ne doit pas être grand-chose, il commence à se faire tard, voir même très tôt le matin, elle est sûrement juste fatiguée. Elle prévient sa copine pour qu'elle garde un œil sur elle au cas où. Elle commence en suite à sentir des fourmis dans ses mains. Ça devient vraiment étrange. À son tour, son estomac se tord dans tous les sens. Sa vision se trouble. Ses jambes deviennent très faibles. Elle demande à son amie d'aller se coucher, ce qui l'arrange d'ailleurs, car la demoiselle commençait, elle aussi, à fatiguer.

Arrivées dans la chambre, elles se changent toutes les deux. Elle envoya un message à son copain pour le remercier d'être passé et lui dire à quel point elle l'aimait. L'une à prit un vrai pyjama, l'autre retire juste son haut et son soutien-gorge pour enfiler un tee-shirt plus large et confortable pour dormir. Sa copine s'endort en quelques secondes à peine, ce qui d'ailleurs la fit sourire. Sa tête paraissait malheureusement toujours aussi lourde après de longues minutes. Elle reçoit un message de son hôte. Elle ne sait pas pourquoi une boule se forma dans son ventre.

« On s'est pas beaucoup vus ce soir... J'ai envie de venir te voir, tu es où j'arrive ? »

Elle avait un mauvais pressentiment. Elle regarda sa copine qui dormait. Hors de question qui lui arrive quoi que se soit. Elle ne sait pas d'où elle trouva la force de se tenir debout sur ces jambes qui étaient faibles et qui tremblaient de peur. Elle ouvrit la porte et tomba nez à nez avec lui. Il l'attrapa par la taille et la serra contre lui comme s'il savait qu'elle était dans un mauvais état. Cela ne fit qu'un tour dans sa tête, elle comprit tout. Le fait qu'il ne vienne pas la voir de la soirée. Son air mécontent quand son copain était venu. Son verre à elle toujours rempli. Il avait passé la soirée à la surveiller et à la faire boire. En espérant que c'était qu'à boire.

Il la porta sur son lui lit à lui. Il ferma la porte à clé. Elle avait les yeux remplis de larmes. Son corps ne répondait plus, ça y est elle n'avait plus aucune force. Son cœur battait bien trop vite. Elle voyait tout, entendait tout, ressentait tout. Elle sentit son short noir glisser le long de ses jambes. Elle ne pouvait rien fait. Et il le savait. Elle ne savait pas combien de temps cela avait duré, mais pour elle l'éternité était bien moins longue que cette nuit. Son corps finit par lâcher. Elle s'endormit. Ou tomba dans les pommes. Elle se réveilla quelques heures plus tard et il n'était plus dans la chambre. Elle entendait la douche dans la pièce d'à côté. C'était son moment.

Elle alla réveiller sa copine en lui disant qu'il fallait absolument qu'elle rentre maintenant qu'elle avait des choses à faire. Sa copine lui demanda où elle avait été cette nuit, qu'elle s'était levée pour allait aux toilettes et qu'elle ne l'avait pas vu.

143

Elle lui répondit qu'elle avait eu super mal au ventre, qu'elle était partie prendre l'air une petite heure dans la nuit. Elle enfila le jogging qui aurait dû lui servir de pyjama et elles partirent comme des voleuses.

Dans la précipitation, elle en oublia même son short noir.

.

Soirée estivale

Pensées

Apaisée

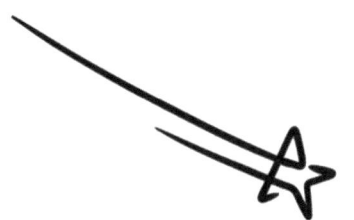

Le sable froid

Un voile très fin de fraîcheur vint caresser chaque centimètre de ma peau. Aucun morceau de mon épiderme, de mon derme ou bien de mon hypoderme ne fut épargné par l'immense frisson procuré par ce vent. Frais, doux et pur. Cela soulageait le poids de mon cœur. Je me sentais légère. Mes pieds glissaient entre les grains de sables multicolores. Brun, jaune, blanc et même terracotta. Même ces grains étaient froid dans cette nuit de fin de saison estivale. Le bruit de l'eau qui frappait le rivage me berçait jusqu'à l'atome le plus profondément enfoui. Ce son, redondant, je l'adorais, j'irai jusqu'à dire que je l'aimais. L'écume blanche des vagues venait se déposer en douceur sur le bord de la plage, tout en ramenant quelques algues au passage. Des milliers voir même des millions de taches de couleur jaune recouvraient la mer, qui était calme ce soir-là.

J'entendais les sons que provoqués les cordes vocales des humains qui partageaient ce moment avec moi, sans me connaître, sans poser les yeux sur moi, sûrement sans jamais entendre les vibrations des cordes vocales qui se situaient dans le fond de ma gorge. Je posais mes mains derrière mon dos pour m'aider à me relever. Mes pieds nus s'enfonçaient délicatement dans le sable, un pas après l'autre, je ressentais toute la fraîcheur des grains sous ma plante de pied, cette fraîcheur remontait le long de mes jambes pour arriver jusqu'à mes hanches puis cela lança un frisson sur le haut de mon corps. Je voulais juste m'assoir et entendre les vagues plus que leurs discussions. Le calme. Il était vraiment le meilleur remède aux pensées qui tournoyaient au plus profond de nos esprits. Le meilleur remède à la fatigue, le meilleur remède au manque de contrôle, le meilleur remède au manque. Je pris le temps de vider mon esprit de tout ce poids pour me concentrer uniquement sur la fraîcheur des grains de sables qui chatouillaient mes pieds.

Puis mes yeux s'ouvrirent encore plus lentement qu'ils ne s'étaient fermés. Ils s'habituèrent doucement à la lumière vive de la pleine lune qui me faisait face. Elle était splendide, elle était majestueuse. Elle m'impressionnait. Et je l'admirais. Ce caillou était le symbole de la féminité à l'état pur et elle agissait sur les océans par sa simple présence. Elle agit aussi sur les femmes. Le plus gros point commun entre la lune et les femmes est leur cycle. Les femmes partagent leur cycle avec la lune, cycle qui leur permet de mettre au monde la vie. Puis je sortis de mes pensées quand une trainée blanche vint perturber l'horizon sur lequel j'étais concentrée depuis de longues minutes.

Elles étaient là. Celles pour qui j'étais venue, celles pour qui j'avais fait tout ce chemin. Elles étaient enfin là. Une, puis deux, puis des dizaines d'étoiles filantes fendirent le ciel. Le spectacle était impressionnant, il me coupa le souffle, mais de manière bien plus qu'agréable. C'était doux et ardent à la fois, enfantin et extrêmement mature, la nature était si bien faite. Magnifique. Spectaculaire. Et scandaleuse. J'étais en train de m'émerveiller devant des bouts de pierres qui tombaient à des milliers de kilomètres et à une vitesse inestimable pour finir par se consumer. Et malgré ce destin tragique. Cela donnait un spectacle exceptionnel.

Train

Rencontre

Voyage

Le train

Il était beaucoup trop tôt.

J'émergeais à peine de mon sommeil peu reposant que je me retrouvais dans un train pour les cinq prochaines heures. Je n'avais même pas pu prendre de petit déjeuner, quand j'avais mis un pied dans la cuisine pour préparer mon chocolat chaud, un haut-le-cœur était venu me dire bonjour. J'avais aussitôt abandonné l'idée d'avaler quelque chose.

Quelques minutes plus tard, je me retrouvais sur ce quai à tirer ma valise bien trop lourde pour le bref voyage que je m'apprêtais à faire. La journée commençait bien, j'avais été incapable de trouver mes écouteurs avant de partir. Il m'était impossible d'envisager un trajet si long sans la moindre possibilité de me mettre dans ma bulle avec de la musique ou un film. Évidemment, je trouve un magasin qui vend des casques en gare. Ça m'aurait étonné de ne pas trouver ce genre d'article d'ailleurs. C'est donc la tête totalement ailleurs que je montais dans la voiture 3 et que j'avançais jusqu'à ma place. Je me pensais incapable de mettre ma valise sur les grilles prévues pour ça, mais au final ce fut un réel jeu d'enfant.

J'avais pas acheté ce casque pour rien, il me fallut 5 min avant de m'enfermer dans ma bulle avec de la musique et j'étais certaine que ce casque ne quitterait pas mon crâne avant que je ne pose un pied en gare. J'attrapais ma gourde pour essayer coute que coute de briser le jeûne de ma nuit, peu importe avec quoi à vrai dire. Je n'attendis pas longtemps avant que le train démarre. « Je suis dos à la route, pensais-je, et même pas du côté fenêtre. » je levais les yeux et vis que quelqu'un me regardait. Je n'y prêtais aucune attention la première fois. Puis mon regard recroisa le sien et cette fois-ci cela retint mon attention. Je ne vis d'abord que ses yeux verts très foncés. Il détourna la tête en premier ce qui me permit de remarquer ses cheveux courts et bruns. Il portait un tee-shirt rouge bordeaux à manche longue avec un motif gris dont je ne voyais que le quart à cause du siège qu'il y avait devant lui.

Je pris mon livre et commençait à le lire. Il fallait bien que je trouve des occupations pendant ces longues heures condamnées à rester assise. Je sentais, de temps à autre, un regard se poser sur moi. Ce n'était pas désagréable ou gênant. C'était juste un fait. À la fin de mon chapitre, je levais les yeux et tombais directement sur les siens. Cette fois-ci, il ne tourna pas la tête si rapidement. En posant mon livre, je posais aussi ma tête sur le fond de siège. Je savais que le sommeil n'allait pas tarder à venir me rendre visite, je n'avais clairement pas terminé ma nuit. Mon esprit partit faire un tour au plus profond de mon imagination, il m'envoya des images de souvenirs, des images de choses qui n'existent même pas dans les livres. Évidemment, c'était une ruse pour me faire tomber plus rapidement dans les bras de Morphée. Cela fonctionnait à merveille. Après, on parle de dormir dans un train, vous vous doutez bien que ce n'était pas la meilleure sieste de ma vie. Je fus réveillée par ma tête qui avait décidé d'essayer de tomber en avant au lieu de rester bien calé au fond du siège. Mes yeux s'ouvrirent lentement, mes muscles s'étirèrent dans la limite de la place que leur offrait la place numéro 45.

Je suis sûre que vous avez deviné quelle est la première chose que je vis en levant la tête. Monsieur me regardait. Il détourna directement son regard. Je n'arrivais pas à savoir si c'étaient des pures coïncidences ou s'il était gêné de croiser mon regard. En même temps, ce petit jeu de regard me faisait passer le temps. C'était déjà ça de prit. Je me demandais où allait-il bien pouvoir descendre. Il ne restait que deux gares avant d'être certaine qu'il descendrait au terminus. Puis je m'amusais à essayer de deviner sa vie et pourquoi il était dans ce train. Il avait des cheveux très courts et un sac qui ressemblait à un sac militaire. Il était peut-être en permission, ou il rentrait peut-être de permission. Ou alors, j'avais complètement faux et c'était juste un garçon avec des cheveux courts et un très gros sac.

Je suis certaine que vous voulez savoir comment s'est terminé cette histoire. Malheureusement, vous n'aurez jamais le fin mot de l'histoire, car ces lignes ont été écrites en direct du train. Au moins, ça m'aura occupé.

Comme une sensation de besoin de rentrer à la maison, sans que cette dernière ne soit faite de quatre murs.

LGBT

Lycée

Poème

Petite lycéenne

Petite lycéenne tombe amoureuse.

Petite lycéenne a des papillons dans le ventre quand son téléphone affiche son nom.

Petite lycéenne pense à cette personne bien plus qu'elle l'aurait voulu.

Petite lycéenne se surprend.

Petite lycéenne se laisse surprendre par ces sentiments.

Petite lycéenne sèche les cours pour voir cette personne.

Petite lycéenne rejoint son amour dès qu'elle le peut.

Petite lycéenne aime ce sentiment.

Petite lycéenne se découvre.

Petite lycéenne apprend des choses sur elle-même.

Petite lycéenne aime cette fille.

Petite lycéenne aime cette fille même si ce n'est pas ce qu'on attend d'elle.

Petite lycéenne décide d'en parler à ses amis.

Petite lycéenne est soutenue par tous ces amis.

Petite lycéenne est heureuse, elle vit un rêve.

Petite lycéenne est amoureuse.

Petite lycéenne trouve que sa relation amoureuse change.

Petite lycéenne à un mauvais pressentiment.

Petite lycéenne sent son amour s'éloigner d'elle.

Petite lycéenne voit son amour arriver main dans la main avec quelqu'un d'autre.

Petite lycéenne se voit confier qu'elle n'était qu'un pari car elle aimait les garçons.

Petite lycéenne contient ses larmes.

Petite lycéenne garde la tête haute.

Petite lycéenne aimait les garçons.

Petite lycéenne aime aussi les filles.

Petite lycéenne aime cette fille.

Petite lycéenne doit à présent oublier son amour.

Bal

Amitié

Dilemne

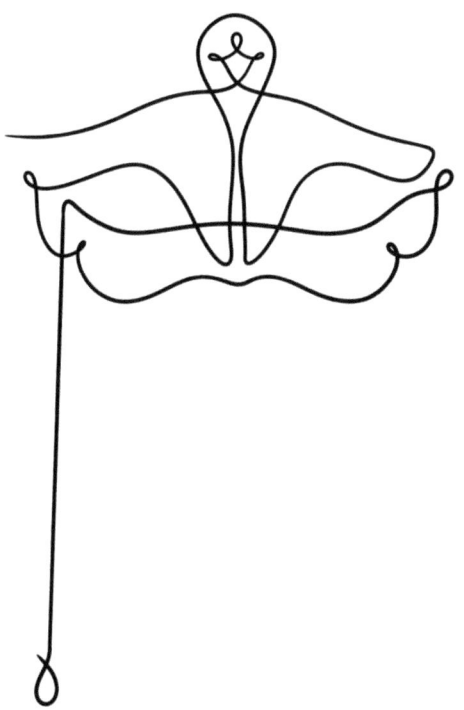

La robe jaune

J'avais environ 23 ans quand je fis sa rencontre.

J'étais un beau jeune homme brun, mais pas très grand. Cela ne m'empêchait pas de plaire, vraiment pas. Je rencontrai en premier la petite sœur, j'étais absolument sûr et certain que celle-ci allait dérober mon cœur. Dans les premières semaines, on se croisait seulement grâce à des connaissances en commun. Elle arborait toujours de splendide toilettes, de longues robes faites de soie. Ses longues jambes étaient toujours habillées de magnifiques talons qui la rendaient encore plus élégante et gracieuse qu'elle ne l'était de nature. Ce que je préférais chez elle, malgré la perfection ultime de ses courbes féminines, restait ses cheveux. Elle avait de longues mèches blondes. Mais pas longues jusqu'aux épaules. Longues et bouclés jusqu'en bas de son magnifique dos, les mèches prenaient fin au creux de ce dernier. J'aimais les petites brunes. Et j'avais devant moi une grande blonde. Et pourtant mon corps ne voulait cesser d'avoir des réactions incontrôlables et mon cœur n'arriver pas à gérer ses palpitations.

Puis un jour, vint cette fameuse nuit, avec ce fameux bal masqué. Je la vis arriver, vêtue d'une robe jaune. C'était étrange, ses couleurs étaient les couleurs froides qui allaient avec ses magnifiques yeux bleus. Mon cœur frappait si fort sur ma cage thoracique que je croyais qu'il allait se détacher des veines et artères qui l'alimentaient. J'étais amoureux de cette

168

fille à la robe jaune satinée. Il n'y avait plus de retour en arrière. J'étais sûr de ce que je ressentais en la voyant. Elle se tourna vers moi et me sourit. Un de mes sourcils se haussa et j'eus un mouvement de recul. Ses yeux étaient verts. Puis une main vint se poser sur mon épaule, et mon amie me chuchota à l'oreille à quel point sa grande sœur, en robe jaune, était extraordinaire. Une vague chaude de panique traversa mon corps de mes orteils à ma chevelure. Je n'aimais pas mon amie. J'étais tombé amoureux de sa grande sœur en posant un seul et unique regard sur sa beauté divine.

Elles se ressemblaient beaucoup tout en étant incroyablement différentes. Je m'en voulais, j'avais un vif pincement au cœur et pourtant il ne prenait pas le dessus sur le sentiment d'amour qui parcourait tous les nerfs de mon fragile petit corps. Son physique était si pur. Sa robe épousait à merveille chaque centimètre de peau qui lui appartenait. Je la désirais tout en entier. Je ne voulais qu'elle, je ne voyais qu'elle, je ne sentais qu'elle, je n'appréhendais qu'elle, je n'appréciais qu'elle. Et je me retrouvais surtout dans une situation qui m'échappait totalement. Je pensais tomber amoureux de sa sœur, de ma splendide amie, que je connaissais depuis de si longues années, je ne pouvais imaginer aimer une autre personne qu'elle. Et voilà que mon cœur battait pour sa sœur. Une question survint dans mon esprit, je l'ignorais encore, mais cette dernière allait me hanter pour un long moment, comment allais-je bien pouvoir gérer cette situation en combinant mon bonheur sans entraîner la tristesse, la colère ou la jalousie d'autrui. J'étais tétanisé par cette situation. Cette jolie amie, qui elle portait une robe bleu ciel, qui me sortit de mon tourment. Elle posa ses mains sur mes hanches et effectua une légère pression dans l'espoir de me faire avancer vers cet ange tombé du ciel. Mon cœur lui hurlait de ne pas s'en approcher, de n'établir aucun contact verbal et encore moins physique, mais mon corps lui était attiré tel un aimant vers cette charmante créature. La petite sœur effectua les présentations et les yeux de sirènes de l'ainée m'envoûtèrent encore plus que je ne l'étais déjà. Je savais que mon amie l'avant remarqué, elle m'avait regardé en levant le sourcil comme pour me demander ce qu'il était en train de se passer. Le problème était que malheureusement, je n'en savais rien. Je ne pouvais mettre de mot sur ce qu'il se passait actuellement au plus profond de mon âme perdue. Je savais maintenant que je me retrouvais dans la pire des impasses que l'on pouvait imaginer. J'étais un homme qui devait faire le choix le plus compliqué de sa vie, qui mettrait en péril tout ce qu'il avait bâti depuis sa naissance, dont son cœur bien plus fragile qu'il ne pouvait encore le soupçonner.

Je devais choisir entre tout tenter pour faire de cet amour une réalité et ceci peut être au détriment du bonheur de certaines personnes déjà présentes dans ma vie, ou me taire à jamais.

Déception

Hôtel

Tristesse

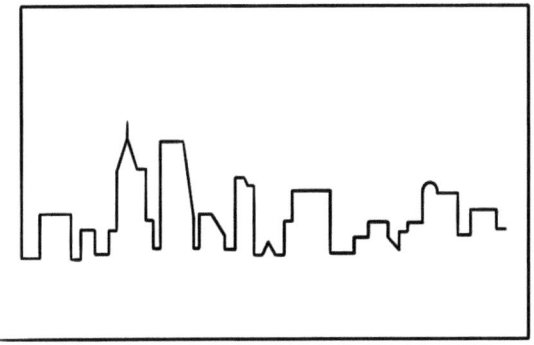

Douce nuit

Il était pas si tard que ça dans la soirée, et pourtant elle était là, assise sur la banquette à côté de la fenêtre de cette chambre d'hôtel, seule parce que son compagnon de soirée dormait déjà. Magnifique chambre d'hôtel pensa-t-elle, onzième étage, vue dégagée sur la magie qu'offre la ville la nuit, un matelas d'exception et surtout une couverture si confortable. Pourtant, elle était en culotte, recroquevillée sur elle-même, pleurant jusqu'à s'en couper le souffle. Cette soirée aurait dû être une des meilleures de son année, pour ne pas dire la meilleure. Et pourtant, elle venait de tourner au cauchemar en seulement quelques dixièmes de secondes.

C'est fou ce que de simples détails peuvent impacter les sentiments humains. Sa gorge était nouée, sa poitrine brulait comme jamais auparavant, elle aurait voulu hurler sa douleur, mais même si elle en avait eu le courage, ses cordes vocales auraient été incapables de vibrer assez pour faire sortir quelconque son de sa bouche. Le nombre de mouchoirs qu'elle usa en quelques minutes était impressionnant, le nombre de larmes qui roulèrent sur ses joues aussi. C'était comme si toute sa tristesse, toute sa colère, mais aussi tout son amour voulait fuir ce corps et cette âme abîmée, que dis-je, détruite par cet instant.

Même s'il n'existe que très peu d'erreurs qui sont bonnes à faire, elle avait fait la pire : elle avait espéré Elle y avait cru cette fois-ci, alors que cette soirée ne dépendait absolument pas d'elle. Et c'est pour cette raison qu'elle préfère tout contrôler et ne rien laisser au hasard, car au moins s'il y a un problème, elle ne peut s'en vouloir qu'à elle-même. Elle jette un regard vers celui avec qui elle devait normalement partager sa nuit, celui qui devait la rendre inoubliable, il dormait pendant que son cœur à elle s'émiettait, plus les minutes passaient.

Un verre de rouge à la main et un mouchoir dans l'autre. Durant un long moment, elle hésita à rassembler ses affaires dans son sac et à partir loin, changer de ville et simplement disparaître dans la nuit. Ça aurait donné un côté réellement dramatique et mystérieux à cette soirée, mais partir sans donner un véritable « au revoir » lui était impossible. Alors, elle restait là, à hurler intérieurement sa douleur. C'était comme si en un claquement de doigts la multitude de souvenirs heureux qu'elle avait dans son cœur étaient devenus des flammes hardantes. Beaucoup de souvenirs et donc énormément de feu dans ce petit cœur. Elle essaya de s'échapper mentalement de cet endroit et de ce moment avec quelque message à qui voulait bien répondre à cette heure-ci, à qui voulait bien entendre la situation.

Une personne a été là, sans qui les dégâts auraient sûrement été multipliés par dix, voir même plus. Une personne qui, à l'autre bout du pays, a pris de son temps pour essayer de la calmer, de la rassurer, il prit de son temps pour elle et ce fut la chose qu'elle retint et qui l'aida à reprendre son souffle. Elle ne méritait pas de pleurer autant, et il lui faudra maintenant protéger son petit cœur en miette de toute personne essayant de l'approcher de trop près.

175

Certains rêves, mêmes les plus grands, sont parfois fait pour rester de simple rêve.

Amitié

Surprise

Romance

La sonnerie de l'interphone

Elle est exténuée.

Elle met les pieds en dehors de sa voiture et le froid lui glace les pieds. Elle souffle en pensant aux quelques mètres qu'elle a à parcourir avant d'atteindre la porte de son immeuble. Il pleut. Elle souffle encore un foiS. Elle sort et ouvre sa portière arrière pour récupérer son sac. Qu'est-ce qu'il est lourd. Elle plonge sa main dans la poche de son long manteau gris et cherche ses clés de maison. Elle ne les trouve pas, son humeur commence à changer. Elle s'énerve. Elle les trouve, tout va bien. Elle avance en faisant traîner ses pieds tout le long du chemin à cause du poids de son sac. Il y en a des choses là-dedans. Une gourde à moitié pleine ou vide, c'est comme vous voulez, il y a toujours un roman qui traine, c'est indispensable, comme si sa vie en dépendait. En arrivant devant la porte de la cage d'escalier et celle de l'ascenseur, elle hésite. Va-t-elle prendre les escaliers comme elle le fait tous les jours ? Son esprit se concentre sur le poids de son sac. Elle va prendre l'ascenseur. Le couloir sur lequel elle arrive lui semble interminable. Son sac la gêne pour ouvrir sa porte d'entrée. Elle râle.

Une fois à l'intérieur, son chien lui saute dessus pour lui faire la fête. Elle est si chargée que le moment n'a rien d'agréable physiquement, mais elle l'aime tellement que ce moment lui réchauffe quand même le cœur. Quelques caresses plus tard, le petit bout repart faire sa vie. Elle passe dans la cuisine poser sa vaisselle sale, elle le fera plus tard dans la soirée. Elle part en suite déposer son manteau dans le placard puis ses chaussures dans sa chambre. Elle fait l'erreur de se jeter sur son lit. Elle ne veut plus en bouger. En même temps qui n'aime pas cette sensation de bonheur pur quand on se pose dans son lit, que tous nos muscles se relâchent pour venir se relâcher sur le matelas. Elle est de nouveau détendue. Elle ferme les yeux quelques minutes et apprécie ce moment au plus profond de son être. Elle puise la force qui lui reste pour se relever. Elle passe par la salle de bain pour prendre un élastique et s'attacher les cheveux.

Elle décide de commencer sa soirée en se faisant à manger, elle en profitera pour laver la vaisselle pendant la cuisson. Comment réussir à rendre ce moment plus agréable ? Elle met de la musique. Dès que la mélodie commence, ses pieds se mettent à suivre le rythme en même temps qu'elle choisit les ingrédients de son plat. Son petit chien entre dans la pièce et vient lui tenir compagnie. Elle n'habite pas seule ici. Elle sait qu'elle ne va bientôt plus être seule dans son appartement. Ça ne change pas grand-chose à sa soirée, mis à part qu'elle discutera sûrement avec elle au lieu d'être seule accompagnée de sa musique. Ce moment qui peut sembler être une corvée pour des yeux extérieurs. Mais elle, elle aime ce moment. Elle se retrouve seule, concentrée sur quelque chose, elle peut penser à tout pleins de choses en même temps sans mettre en péril le programme de sa journée.

La sonnerie de l'interphone se fait entendre. Elle va ouvrir tout en se faisant la remarque que personne à part ses amis, qui ne devaient pas venir ce soir. Rien de très grave non plus. Elle se dit que c'était certainement un livreur ou une voisine ayant oublié ses clés. Elle retourne donc à ses occupations. La musique à fond dans la cuisine doit probablement atteindre les oreilles de son voisin, du moins s'il est chez lui. Un sentiment étrange parcourt la colonne vertébrale de la jeune fille sous la forme d'un frisson. Quelqu'un frappe à la porte. Son sang se glace, mais elle n'a pas peur pour autant. Tout se passa très rapidement, elle éteint le robinet, essuie ses mains sur le premier torchon à sa portée, fait signe à son chien de sortir de la cuisine, referme la porte de la pièce derrière elle et une fraction de seconde plus tard, sa main se pose sur la poignée froide de la porte d'entrée.

Elle ouvre la porte. Son ami est là. C'est tout ce quelle remarque en premier, rien d'anodin, rien d'inquiétant. Et puis ses yeux sont attirés par quelque chose avec une odeur très douce et un visuel coloré. Un bouquet de fleur. Pourquoi a-t-il un bouquet de fleur dans les bras ? Non… Ce n'est tout de même pas pour elle ? Le jour est-il enfin arrivé ? Allait-elle vivre pour la première fois un des scénarios qu'elle imaginait tous les soirs dans son lit ? Oui, c'est en train d'arriver. Le prince charmant est venu lui porter son bouquet de tulipes dont elle avait tant rêvé.

Son âme resta figée au même endroit pendant un long moment, mais son corps la poussa à embrasser le bel homme qui était dans l'encadrement de sa porte.

Océan

Métaphore

Dépression

L'océan c'est toi

L'homme est constitué à 75% d'eau. C'est beaucoup 75%. C'est un immense océan de sentiments. Un océan aux centaines de magnifiques couleurs, aux mille et une émotions, plein de vie. Mais tout ce qui est vivant peut mourir. Et au fil du temps, des rencontres, des événements, des nouvelles, les couleurs se finissent par se ternir.

Le splendide turquoise de l'eau devient marron, le sable jaune, blanc devient noir couleur pétrole, tout est sombre. Et puis la vie commence à disparaître petit à petit. Le joli vert clair de la flore devient terne.

Les petits poissons, te souviens-tu d'eux ? Ceux qui avaient toutes les couleurs de l'arc-en-ciel sur leurs écailles ? Ils sont gris, sans énergie. Et puis c'est le tour des majestueux mammifères marins. Eux que tout le monde pensait intouchables. Ils s'affaiblissent, maigrissent, disparaissent. Tout disparaît, tout s'éteint.

Pourquoi ? À cause de ses bouteilles, ces bouts de plastique, ces injures, ces coups de poings. Toutes ces choses que les autres te balancent. Ils polluent, ils affaiblissent, ils détruisent, ils tuent. Tu ne vois pas où je veux en venir ?

L'océan, c'est toi. Les petits poissons, toute la vie, ce sont tes sentiments, ce que tu ressens, ta joie de vivre, ton bonheur. La pollution, ce sont les autres, ceux qui te font du mal. Ils polluent ton être, ils détruisent ce que tu as construit. Et malgré tout, tu as besoin d'aide, un océan ne se nettoie pas seul. Tu as besoin de petites mains pour enlever tous ces déchets. Il faut accepter que certaines personnes ne sont pas là pour te détruire, mais pour te reconstruire.

Divorce

Inceste

Viol

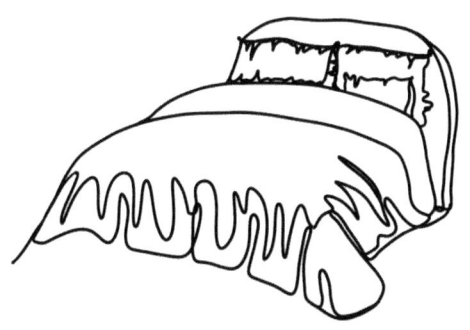

Petite boule douloureuse

Papa et maman ne s'aiment plus.

C'est ce que maman m'a dit quand elle a essaye de m'expliquer pourquoi papa et maman ne dormaient plus ensemble et pourquoi il fallait qu'on laisse notre grande maison familiale pour que papa et maman se trouvent chacun un appartement. Je comprenais pas, d'un côté, on était tous ensemble dans une grande maison, de l'autre, ils avaient chacun un tout petit appartement et ils ne se voyaient plus. Ça n'avait aucun sens dans ma petite tête. En plus papa était parti super loin, quand j'avais le droit de le voir, il fallait que je prenne le train le vendredi soir après l'école, la plupart du temps, je m'endormais dedans tellement j'étais fatigué de ma journée. Et je le reprenais encore une fois le dimanche soir dans le meilleur des cas où sinon le lundi matin très tôt, trop tôt pour un petit garçon de mon âge, mais ça arrangeait papa, je restais une nuit de plus chez lui. Des fois, c'était aussi parce qu'il avait oublié de prendre mon billet retour et qu'il n'y avait plus de place.

Maman ne faisait que répéter que ce n'était pas ma faute, que papa m'aimait encore énormément même s'il n'aimait plus maman. Mais ça je le savais, papa me le montrait tout le temps et il me le répétait à longueur de journée. J'avais vu toutes les larmes que maman avait versées quand le nom d'une madame avait été évoqué dans une conversation tard le soir. Je crois que papa avait crié qu'il aimait cette madame. C'était peut-être une super copine, ou une sœur cachée pendant toutes ces années, mais en tout cas papa était parti de la maison pour cette femme.

Je voyais plus maman que papa. Et tatie aussi, la sœur de maman. Elle était très jeune comparé à maman, elles avaient 15 ans d'écart. Maman cuisinait super bien, j'avais toujours le droit à de fantastique plat le soir et des goûters avec pleins de gâteaux fait maison. Le week-end, maman m'amenait avec elle au marché le matin et elle m'apprenait à faire la cuisine comme elle en rentrant. Le samedi soir, j'avais le droit de regarder un grand dessin animé avant d'aller me coucher. C'était tatie qui venait me chercher à l'école et qui jouait avec moi une fois arrivé à la maison.

Quand j'étais chez papa, on prenait la douche tous les deux. C'était trop rigolo, il s'amusait à me faire des chatouilles avec le jet d'eau. Papa ne cuisinait pas beaucoup, il sortait des boites du frigo et les mettait au micro-ondes. C'était quand même bon. Papa me lisait beaucoup d'histoire le soir. Il me répétait à quel point il m'aimait fort. Je savais que c'était vrai. Papa m'aimait très fort. Il me disait sans cesse qu'il ne voulait jamais être séparé de moi, qu'il avait peur de me perdre et que je devais être un petit garçon très sage et très gentil pour pouvoir continuer de voir papa. Je l'aimais très fort mon papa, et je voulais pas qu'on m'interdise de le voir. Quand il posait les livres après m'avoir fait beaucoup rigolé en me racontant leur contenu, il se couchait avec moi pour un gros câlin

193

d'amour comme il disait. J'adorais quand papa me caressait les cheveux. Par contre, je ressentais comme une petite boule dans mon ventre quand papa me caressait entre les jambes. Il me disait que les personnes qui s'aiment beaucoup se caressent et que c'est tout à fait normal, mais il me disait de ne surtout pas le révéler. Que ça devait rester notre secret entre père et fils. J'avais un gros secret avec mon papa, c'était super. Mais j'aimais pas vraiment quand il faisait ça, maman ne l'avait jamais fait, tatie non plus, cela voulait-il dire qu'elles ne m'aimaient pas vraiment ? Non, j'étais sûr qu'elles m'aimaient très fort aussi. Et puis, je n'avais jamais eu cette boule douloureuse dans mon petit ventre quand maman me faisait un gros câlin d'amour.

Dès fois, je rêvais que papa ne m'aimait pas si fort.

Soirée

Rencontre

Romance

197

La bouteille d'eau

Je n'avais pas envie d'aller à cette soirée.

Il fallait que je trouve un polo qui irait bien avec mon pantalon et des chaussures aussi. Il était évident que mes vielles chaussures de sport, qui étaient vraiment confortables soit dit en passant, n'irait pas pour cet anniversaire au thème : festival de Cannes. Je n'avais absolument aucune motivation. Je n'aimais pas particulièrement boire, je le faisais de temps en temps en repas de famille ou autre, mais je n'aimais pas être bourré. Vraiment pas. Je ne comprenais pas l'idée de boire jusqu'en être malade. Où était le plaisir ?

C'était quand même l'anniversaire de mon meilleur ami. Je le connaissais depuis bien trop longtemps pour faire l'impasse sur son anniversaire. Peu importe l'excuse que je trouverai, et ne serai jamais assez importante pour louper cet événement. Je comprenais d'ailleurs, j'aurais été vraiment vexé s'il avait fait en sorte de ne pas être là pour le repas de famille qui avait servi à fêter mon anniversaire. C'est différent, je ne lui avais pas imposé une soirée avec tout un tas d'inconnu autour de lui, mais je devais accepter que c'était sa façon à lui de fêter son année de plus. Il habitait à seulement quelques rues de chez moi, je me rassurai en me disant que si vraiment la soirée se passait mal, je pouvais toujours rentrer au chaud dans mon lit en quelques minutes.

À la seconde même où je posai un pied dans la demeure de mon ami, je la vis. Elle était magnifique. Je n'étais pas le genre de garçon à regarder les filles, ce n'était pas du tout que je n'étais pas intéressé, bien au contraire, je pensais à autre chose, j'avais l'esprit ailleurs et surtout, il était rare que je me sente réellement attiré par quelqu'un. Mais elle c'était différent. Vu de l'extérieur, cette scène n'était qu'un jeune homme qui rencontre une jeune femme en soirée. Et encore, elle ne m'avait pas remarqué de son côté. Mais à l'intérieur de moi, c'était bien plus que ça, ça bouillonnait.

Ses cheveux mi-longs et ondulés venaient effleurer ses épaules d'une manière si délicate. Ses boucles d'oreilles se fondées parfaitement entre ses mèches brunes. Ses yeux marron étaient mis en valeur de je ne sais quelle manière, par la lumière de la pièce peut-être, ou par les couleurs qu'elle avait choisies pour son maquillage, c'était sûrement fait exprès. Elle ne portait pas de rouge à lèvres, ou du moins, je ne pouvais pas le discerner de là où j'étais. Il fallait que je sache si c'était la couleur naturelle de ses lèvres ou si elle les avait colorés.

J'allais devoir m'approcher d'elle. Ça mettait sur le tapis la possibilité qu'elle me remarque. Je ne savais pas si c'est ce dont j'avais envie. Je ne savais pas si je voulais aller lui parler et aviser ou si je préférais qu'elle reste un fantasme. L'image que l'on se fait des gens et bien souvent bien plus intéressante que les gens eux-mêmes. Mais je voulais m'approcher. De toutes manières, elle était postée devant le bar, il est vrai que je ne bois pas beaucoup, mais un peu de courage liquide n'allait pas me faire de mal. J'en avais même besoin à ce moment précis. Mon meilleur ami avait lu dans mon regard ce qu'il se passait au plus profond de moi. Il sortit

199

un petit rire sans pour autant se moquer et il me tendit un verre. Je le regardai dans le blanc des yeux comme pour m'assurer qu'il n'allait pas faire foirer tous mes plans avec ce verre remplit d'alcool. Il me fit un mouvement de la tête pour me faire comprendre que tout allait bien se passer, ça me rassura comme si c'était mon père qui me faisait le même mouvement avec d'entrée sur le ring pour la première fois quand j'avais 9 ans.

Je me retournai. Elle était juste devant moi. Mon cœur, et toutes les autres parties de mon corps d'ailleurs, s'emballa.

« Bonsoir, on ne s'est pas présenté, je crois, moi c'est Lily. »

Lily. C'était un si joli prénom. Et sa voix était si douce.

« Bonsoir, effectivement, on ne s'est pas présentés. Enchanté Lily, moi c'est Antonin. »

Elle tendit sa main pour serrer la mienne.

« On peut peut-être se faire la bise. » dit-elle.

BIEN SÛR, pensais-je.

« C'est une possibilité, oui. » répondis-je.

On passa de longues minutes à discuter. Elle me demanda comment je m'étais retrouvé dans cette soirée. J'expliquai donc que notre hôte de la soirée était mon meilleur ami depuis deux bonnes dizaines d'années. Elle m'expliqua à son tour qu'elle était la meilleure amie de la copine de mon ami. Cela m'étonnait de ne jamais l'avoir croisé. Puis vint le moment où elle me dit qu'elle était dans cette ville depuis seulement quelques semaines. Cela expliquait que je ne l'ai jamais croisé avant. Plus les minutes passées et plus, je vidais et remplissais mon verre. But contre mon camp. Elle finit par me dire qu'elle aimerait discuter dans un endroit un peu moins bruyant. Tout en attrapant ma main elle passa devant moi pour me guider vers le jardin. Elle se retourna vers moi et la dernière chose dont je me souviens, c'était son visage entouré de monde et coloré par les lumières de la soirée.

Je me suis réveillé quelques heures plus tard la tête dans les toilettes, j'avais bu trop de courage liquide, je préférai ce nom, cela me faisait déculpabiliser. Par contre, une bouteille d'eau était posée à côté de moi. Et au marqueur, il y avait un numéro d'inscrit. Je souris.

J'avais bien fait de venir à cette soirée.

Rupture

Choc

Temps

Plus de nous

Le temps venait de s'arrêter.

Mon monde venait de s'arrêter.

Il fallait que je reprenne mon souffle. Je n'étais même pas réellement essoufflée. Je n'étais pas du tout essoufflée même, mais mon cœur lui l'était. Il vivait quelque chose de bien trop dur, il ne s'y était pas préparé. Il n'était pas prêt.

J'étais assise sur cette chaise bon marché dans ce bar lui aussi bon marché. Ma main droite était agrippée à la chaise, ma main gauche quant à elle tenait une cigarette. Elle se consumait toute seule. Le temps du reste du monde continuait à tourner, le mien était toujours arrêté. Mon regard était totalement vide et il fixait le sol. Mon coca se réchauffait au vu de la température extérieur, pourtant je ressentais des frissons tout le long de ma colonne vertébrale.

Notre « nous » S'était éteint. Il venait de me quitter. Il venait de mettre un terme à la plus belle relation que j'avais vécu. 5 années à ses côtés, pour finir sur un « je n'ai pas assez vécu, j'ai besoin de me faire mes propres expériences ». On avait peut-être pas vécu les mêmes 5 dernières années, j'avais été au paradis, peut-être que lui avait passé son temps à attendre d'avoir un déclic et d'arrêter de perdre son temps. Tout était confus dans ma tête. Je venais de perdre celui que je considérais comme l'amour de ma vie, et ce, en à peine quelques secondes.

Toute ma vie venait de s'effondrer. J'avais l'impression de ne plus avoir le temps de quoi que se soit. Je n'avais d'ailleurs plus le temps de faire quoi que ce soit avec mon monsieur, du moins mon ancien monsieur. Comment avais-je pu être aussi aveugle ? Il m'avait trompé pendant tout ce temps, pas une infidélité, non, une tromperie bien plus profonde. Il continuait de vivre avec moi, il continuait de se coucher à côté de moi tous les soirs, il continuait à me raconter sa journée durant nos dîners devant la télé, il continuait à me demander de le prévenir quand je faisais quelque chose d'inhabituel.

Rien n'avait changé. Et pourtant tout avait changé. Absolument tout. Il n'y avait plus rien entre nous.

Cependant, dans ma tête, le temps lui était toujours au point mort alors que dans le monde réel tout était en action. Je voyais les gens marchaient autour de moi, je voyais le serveur prendre ses commandes, je voyais les oiseaux changer d'arbres au-dessus de ma tête, je voyais aussi mon ex essayer d'obtenir une quelconque réponse de ma part. Mais j'en étais incapable. Mon corps ne répondait pas. Mon temps à moi s'était arrêté.

Nos rêves de mariage, notre envie de fonder une famille, notre recherche de maison avec jardin pour nos chiens, notre plan de voyage dans 7 pays différents l'été prochain, notre adoption de chat en cours, notre idée de monter notre boutique. Tout ça. Tout ça s'arrêtait ? Tout ça tombait à l'eau ? Tout ça mourait en cet instant même ? Je n'arrivais pas à y croire. Et pourtant il allait falloir que je me réveille. Le monde autour de moi ne s'était pas arrêté, le temps continuait de tourner avec ou sans ma présence.

Il fallait que je me réveille. Il fallait que j'arrête de perdre mon temps.

Retrouvaille

Amour

Douceur

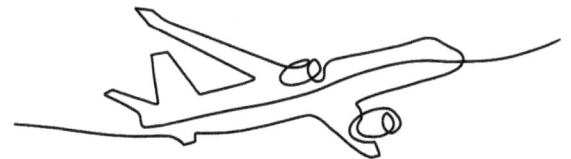

Il était là

Allongé dans ce lit je fixais ses yeux en sachant très bien ce qu'il allait se passer.

Monsieur était de retour en ville depuis seulement quelques heures, mais au vu du nombre de mois qui m'avait séparé de lui je n'avais pas hésité une seule seconde à aller le rejoindre quand il me l'avait demandé. Le revoir avait été un vrai soulagement. Le prendre dans mes bras encore plus. On avait parlé pendant des heures sans s'arrêter, mais il était évidement impossible de poser tous ces mois sur table. C'était un moment ressourçant bien plus que j'aurai pu l'imaginer, le désirer. J'étais apaisée en sa présence. Il n'y avait pas d'autre mot pour décrire ce sentiment, j'étais vraiment apaisée. J'en avais appris plus sur notre relation en quelques heures en sa présence qu'au cours de toutes les années que l'on avait passé aux côtés l'un de l'autre. Toutes bonnes choses à une fin, j'ai du repartir, me séparer de lui encore une fois mais cette fois ci ce n'était que pour quelques heures.

Je me suis couchée ce soir là le cœur rempli mais plus léger que jamais. Il était la. Il n'était plus à des milliers de kilomètres de moi. Il était là. Le soleil se levé quand je remontais ma couette sur mon corps. Le moment était doux, beau et d'une simplicité sans nom. Je n'avais que quatre petites heures devant moi avant qu'il toque de nouveau à ma porte. J'allais peu dormir, mais j'étais certaine que j'allais bien dormir. Mon cœur battait, heureusement vous me direz, mais cette fois-ci il était animé par un sentiment pur. Ses mots avaient été doux et ils avaient touché mon âme, ils m'avaient marqué au premier sens du terme. Et à jamais.

L'interphone sonna. Il était là. Quand j'avais appris son retour dans notre ville je m'étais imaginée avoir le droit à un verre en pleine après midi pour parler de nos vies et se retrouver sans non plus entrer dans de tels sentiments. Si seulement j'avais pu imaginer tout ça. Ça avait été beaucoup d'un coup, mais j'aimais cette abondance. Je savais que tous ces sentiments, toutes ces sensations, toutes ces émotions, tous ces moments n'étaient qu'éphémère et qu'il allait finir par repartir loin de moi. Mon cœur voulait encore se protéger, il répétait le même schéma qu'il y a des mois quand je l'avais rencontré et que je savais qu'il finirait par s'en aller.

En sa présence, tous mes sens étaient aiguisés. Je sentais chaque centimètres des draps qui caressaient ma peau, je sentais nos corps se toucher au niveau de nos genoux, la recherche d'un contact physique même discret me rassurait, je sentais son parfum, je sentais son regard posait sur moi malgré le peu de luminosité dans la pièce, je sentais la fraîcheur de l'air extérieur qui entrait dans la chambre grâce à la baie-vitrée entre ouverte. Mais je sentais aussi des choses plein plus profonde. Je ressentais l'atmosphère remplie d'émotions fortes.

Mon cœur décida d'un coup, sans aucune réelle raison, de laisser tomber sa protection. Je l'ai embrassé.

Cette fois ci, elle avait été réellement amoureuse.

Remerciements

Je souhaite remercier dans un premier temps toutes les personnes qui, de près ou de loin, m'ont soutenu et aidé durant l'écriture de ce livre, toutes les personnes qui ont compris l'importance de ce projet qui est ma toute première publication. Je savais que je voulais publier, mais il y a quelques fois où j'ai douté, où j'ai eu besoin de soutien et certaines personnes ont été présentes sans même s'en rendre compte. Je tiens à remercier Rémi BIZERAY pour son investissement sans limites dans ce projet, pour sa lecture de chacun des textes présents ici, pour son implication dans le choix de la mise en page, des illustrations et tout ce qui va avec, je tiens à le remercier aussi pour son soutien et pour ses critiques qui étaient toujours bienveillantes et constructives. Je remercie aussi Ronan JEANNE pour son temps et ses corrections. Il m'a soulagé sur les relectures et corrections. Évidemment, je le remercie aussi pour son soutien et son implication tout au long du projet, que ce soient sur les textes en eux-mêmes, sur la façon de les présenter, sur le visuel du livre. Je suis aussi très heureuse de remercier Paul IRRIBARRIA FERNANDEZ, mon frère, pour son aide si précieuse au niveau du choix des illustrations présentes dans cet ouvrage. Étant incapable de dessiner quoi que ce soit, son aide s'est avéré être indispensable pour le choix de ces visuels. Pour sa patience et son travail, je tiens à remercier Emma DURANTAU pour la première et quatrième de couverture de ce livre. Elle a été d'une patience sans nom quand il a fallu qu'on discute de mes idées et de ce que je désirais pour ce livre. Elle a recommencé, je ne sais même plus combien de fois pour être sûre que cela me convenait, elle a écouté chacune de mes demandes et les a réalisées. Pour ceux qui ne le savent pas, certains des textes présents dans ce livre sont publiés sur mon Instagram et mon Facebook. Je tiens à remercier toutes les personnes qui me suivent là-bas, toutes les personnes qui ont lu chacun de mes posts, toutes les personnes qui m'ont envoyé un petit message gentil, toutes les personnes qui ont pris le temps de me donner leur avis, toutes les personnes qui m'ont apporté leur soutien en partageant ou en commentant leur avis. Ce qui semble ne prendre que quelques secondes dans votre quotidien représentent beaucoup à mes yeux. Ce projet est en cours depuis plusieurs mois et il est aussi présent par fragment sur les réseaux. La première publication sur les réseaux d'un texte de ce recueil a marqué pour moi le début de cette aventure, et je remercie du fond du cœur tout ce qui sont présents depuis ce moment-là, ceux qui nous ont rejoint en cours de route et bien évidemment tous ceux qui continuent à nous rejoindre jour après jour. Je tiens aussi à remercier Lily DUPOIRIER pour m'avoir prêté son œil artistique sur tout ce qui touche au visuel de ce livre, la couverture, les illustrations, mais aussi toute l'esthétique des publications faites sur les réseaux. Rien n'a été laissé au hasard et derrière presque chacune des décisions prises, il y a l'avis de Lily. Je tiens à remercier toutes les personnes qui ont de prêt ou de loin inspiré mes écrits, celles qui m'ont raconté leur histoire, celles qui ont vécu les histoires avec moi, celles que j'ai simplement vues et qui m'ont inspiré. Chacune de ces personnes a apporté sa pierre à l'édifice sans même le savoir. Sans elles, sans inspiration, ce livre ne serait pas entre vos mains aujourd'hui.

Pour les illustrations on dit merci à …

Monsieur Oscar SERMANSON

@oscar_srmsn

« Je m'appelle Oscar Sermanson, j'ai 18 ans. Je suis un jeune étudiant qui dessine et crée des vêtements à travers divers projets. Ce fut un grand plaisir de réaliser les illustrations de ce livre en collaboration avec une collègue, un projet qui se différencie de ce que j'avais déjà pu faire. J'étais intéressé à l'idée de pouvoir travailler avec une écrivaine et essayer de retranscrire à travers mon style sa vision du livre. Cette expérience amusante était aussi enrichissante. À la demande de l'auteur, j'ai pu expérimenter le « one line drawing » un style de dessin harmonieux qui laisse libre cours à l'imagination tout en se pliant à des exigences de formes et de sens. J'espère que vous apprécierez la lecture de ce livre dans toute son expérience. »

Pour les illustrations on dit merci à …

Madame Anna IVIGLIA

@anna_iviglia

« Je m'appelle Anna Iviglia, je suis une étudiante de 18 ans. Je suis passionné par toute sorte d'art notamment la peinture, la musique ou encore le dessin et je remercie Élise de nous avoir proposé avec Oscar Sermanson d'illustrer son livre. J'ai pu alors découvrir le « one line drawing ». C'est un style de dessin minimaliste et épuré qui a la particularité de contribuer à la croissance créative du lecteur. Ce fut un honneur et surtout un plaisir d'avoir pu participer à cette expérience. Chers lecteurs, j'espère de tout cœur que ces dessins vont nourrir votre imagination et je vous souhaite une merveilleuse lecture. »

Pour la couverture on dit merci à …

Madame Emma DURANTAU

@emmachdey

« Je m'appelle Emma Durantau, j'ai 20 ans. Je suis actuellement en licence 2 Arts Plastiques à l'université Bordeaux Montaigne. Je m'intéresse à l'art depuis que je suis toute petite, j'ai pris des cours de dessin pendant 10 ans ce qui m'a ensuite donné l'envie de faire des études en rapport avec ce domaine. C'était la première fois que je me lançais dans un projet en tant qu'illustratrice mais j'ai beaucoup apprécié dessiner tout en répondant à la demande précise de quelqu'un. »

Réseaux sociaux et contact :

 Instagram : eliseirribarriaf

 Tik tok : eliseirribarriaf

 Facebook : eliseirribarriaf

 Adresse mail : eliseirribarriafpro@gmail.com